Les romans clés
de la littérature
française

Yves Stalloni

Enseigne en classe de
Première supérieure

MÉMO

Seuil

MÉMO

COLLECTION DIRIGÉE PAR JACQUES GÉNÉREUX

EXTRAIT DU CATALOGUE

ISBN 2-02-30868-5
© Éditions du Seuil, avril 1998

SOMMAIRE

DIX-NEUVIÈME SIÈCLE

VINGTIÈME SIÈCLE

Ce livre n'est qu'une *sélection*, c'est-à-dire un choix forcément soumis aux aléas de la subjectivité. Pour corriger cette tendance et garder à l'ouvrage un caractère d'équitable représentativité, nous avons choisi d'articuler le projet autour de la notion de « *clé* ». Comme on parle de « mots-clés » ou de « personnages-clés » à propos de termes ou de protagonistes par lesquels passe l'essentiel du sens ou de l'action, on se servira de l'expression de **romans-clés** pour définir les textes romanesques fondamentaux dont la connaissance paraît indispensable à qui prétend posséder quelque lumière en matière littéraire.

Dans un premier sens, le « roman-clé » se confondra tout simplement avec le chef-d'œuvre, passé ou récent, ou encore, si l'on préfère éviter les jugements de valeur, il appartiendra à la catégorie à la fois floue et bien admise des « classiques ». *La Princesse de Clèves, Manon Lescaut, Le Rouge et le Noir, L'Étranger* sont des romans qui, au-delà de leurs éventuelles imperfections, se sont imposés comme d'indiscutables réussites littéraires dignes d'être universellement connus et quasi obligatoirement étudiés – par les petits Français au moins.

D'autres fois, le « roman-clé » se caractérisera par son aspect novateur, révolutionnaire même : il marque une date ou un tournant dans l'histoire du goût, du style, des idées. Sa présence dans une sélection se justifie moins par ses qualités littéraires – qui peuvent néanmoins exister – que par sa valeur historique ou symbolique. *L'Astrée, Paul et Virginie, La Mare au diable, La Modification* sont des romans qui peuvent souffrir quelques réserves : trop datés, trop emphatiques, trop artificiels… Il n'empêche que chacun d'entre eux se signale comme un bon représentant d'un courant littéraire qu'on ne peut ignorer. C'est en ce sens que ce manuel ne constitue pas un palmarès, puisqu'il souhaite moins répertorier les « meilleurs » d'une catégorie que les titres les plus représentatifs d'un auteur, d'une école, d'un style. Parfois, convenons-en, les deux qualités se confondent.

Ces simples critères de sélection expliquent certains oublis ou abandons : Sade, Dumas, Verne, Vian…, mesurés à l'aune de la popularité, de l'originalité ou des tirages auraient pu avoir leur place ici. Mais pas tout à fait si l'on se réfère à leur notoriété littéraire, et encore moins quand le nombre des élus est, arbitrairement il est vrai, limité à cinquante.

C'est la même règle de reconnaissance universelle (et de prudence universitaire) qui nous a fait renoncer à des auteurs trop récents – Sarraute, Perec, Le Clézio... – pour lesquels nous manquons de recul, même si nous avons accordé de timides concessions à notre temps avec quelques titres postérieurs à 1950. La nature générique de l'ouvrage le condamnait à renoncer à l'actualité. Il ne fallait pas non plus que la part du XXᵉ siècle devînt trop importante et déséquilibrât la présentation.

Telles quelles, les fiches qui constituent l'ouvrage ne prétendent évidemment pas rivaliser avec les analyses critiques fouillées de manuels ou de dictionnaires spécialisés. Elles veulent, dans leur brièveté et leur sobriété, rendre service et, comme il a déjà été dit, aller à l'essentiel. Chacune d'elle est composée de cinq parties : *l'argument*, c'est-à-dire le sujet de l'œuvre et, en quelque sorte, son résumé succinct ; *les thèmes*, entendus au sens large, c'est-à-dire à la fois les motifs littéraires, les modèles thématiques, les dominantes en matière de sens ; *l'intérêt littéraire* qui, dans notre esprit, ne se confond pas avec la rubrique précédente mais la complète en se limitant aux aspects qui relèvent de l'histoire ou de la sociologie littéraires, de la stylistique ou de la rhétorique ; *les phrases*, quelques citations empruntées aux œuvres en vue de constituer une anthologie sommaire ; enfin une *lecture critique* pour inciter à aller plus loin dans l'étude de l'œuvre.

La partie « dictionnaire » (présentée toutefois, comme il nous a paru préférable, par ordre chronologique) est complétée par une partie « classements » destinée à assurer les regroupements et les recoupements grâce auxquels on pourra espérer échapper à la sécheresse de la simple succession de monographies.

N°1. *TRISTAN ET ISEUT* (V. 1180)

1. Argument

Enfant sans parents mais de noble origine, Tristan se met au service de son oncle, le roi Marc, qui vit dans son château de Tintagel en Cornouailles. Héros loyal et vaillant (il tue un géant, le Morholt), le jeune homme est chargé de se rendre en Irlande pour quérir la future épouse du roi, la princesse Iseut aux cheveux d'or. Dans la traversée du retour, les jeunes gens boivent par erreur un philtre d'amour qui les lie à jamais. Leur passion coupable devra affronter les intrigues de la cour, déjouer divers pièges, puis chercher refuge dans la forêt. Contraint toutefois de quitter celle qu'il aime, Tristan épouse Iseut aux blanches mains mais reste inconsolable. Après diverses nouvelles épreuves, et alors qu'Iseut la blonde est prête à le rejoindre, le jeune homme se laisse mourir. Iseut choisit de le suivre et sur leur tombe poussera, en témoignage d'union éternelle, une ronce.

2. Thèmes

● **L'amour fatal**. Tristan et Iseut se sont connus et aimés avant même d'avoir bu le « vin herbé » (le philtre). Leur rencontre est inscrite dans l'ordre providentiel et doit sceller une passion qui résiste aux obstacles et même à la mort. Le mythe de l'amour absolu et mortel – appelé à une grande fortune littéraire – prend ici sa source.

● **L'ordre médiéval**. Ce récit à mi-chemin entre l'épopée héroïque et la fresque galante illustre à la fois l'organisation féodale (lien héréditaire, vassalité, soumission à Dieu), les règles de l'amour courtois (le *fin' amor* et l'idéal chevaleresque), et les formes du merveilleux païen (les motifs symboliques : l'épée, le vaisseau, la folie...).

3. Intérêt littéraire

● **Une œuvre composite**. Les textes d'origine qui donnent naissance au mythe sont nombreux, anciens et, pour certains, disparus. Deux versions en vers, assez voisines l'une de l'autre, nous sont conservées : l'une de Thomas d'Angleterre (v. 1173-1175), l'autre du Français Béroul (v. 1180). La légende s'est également nourrie de divers emprunts, y compris à la mythologie.

La version que nous utilisons aujourd'hui a été adaptée en 1900 par le médiéviste français Joseph Bédier.

4. Phrases

« *Seigneurs, vous plaît-il entendre un beau conte d'amour et de mort ?* » (chap. 1).

« *Ainsi va mon ami ni vous sans moi, ni moi sans vous* » (chap. 17).

5. Lecture critique

Denis de Rougemont, *L'Amour et l'Occident* (1939), Paris, Folio-Essais.

N° 2. CHRÉTIEN DE TROYES, *PERCEVAL OU LE CONTE DU GRAAL* (1190-?)

1. Argument

Perceval, dont le père et les frères sont morts en tournoi, est élevé par sa mère qui souhaite l'éloigner du métier des armes. Mais le jeune homme rencontre un jour dans la forêt des chevaliers dont l'équipement et les armes l'éblouissent. Désormais sa voie est tracée : il ira rejoindre le roi Arthur. Il quitte sa mère qui peu après mourra de chagrin. Arrivé à la cour, il montre sa vaillance en tuant un seigneur, puis se fera adouber par Gornemant. Au château de Beaurepaire, il délivre Blanchefleur qui s'éprend de lui mais qu'il quitte après une nuit chaste. Reçu par le Roi-pêcheur, il assiste sans comprendre à la procession du Graal (vase qui contient le sang du Christ), ne pose aucune question et, le lendemain, ne retrouve rien de sa vision. Son but désormais sera de retrouver le Graal, tâche à laquelle l'aide un moment Gauvain, mais qu'il va mener seul pendant cinq ans. Un jour Perceval rencontre un ermite qui lui délivre un secret : il est coupable d'avoir fait mourir sa mère et donc inapte à comprendre le mystère du Graal et de l'hostie qui sauve. Perceval, enfin éclairé, reçoit, le jour de Pâques, la communion. Le conte s'arrête là, après avoir consacré de nombreux vers aux exploits de Gauvain.

2. Thèmes

● **L'univers chevaleresque.** Comme dans *Lancelot* ou dans *Yvain*, deux autres grands romans de Chrétien de Troyes consacrés aux chevaliers de la Table ronde, nous sommes plongés dans le monde des chevaliers, beaux, brillants, élégants, nobles et courageux. Seule la quête religieuse peut rivaliser avec l'aspiration chevaleresque.

● **Le message initiatique**. Perceval est un jeune sot, un « nice » qui ignore tout de son origine et de son destin. Les épreuves qu'il subit (les armes, l'amour, le mystère religieux) doivent le conduire à la sagesse de l'homme initié. Le Graal est l'absolu que chacun cherche à atteindre et, pour les chrétiens, l'idéal divin.

3. Intérêt littéraire

● **Un récit poétique**. Conformément à l'esthétique médiévale, ce récit est rédigé en vers (environ 10 000 octosyllabes) dans un style très poétique. Sa forme narrative en fait néanmoins l'ancêtre du « roman ».

● **La naissance d'un mythe**. L'histoire de Perceval exploite le succès des légendes arthuriennes et donne naissance à son tour à un mythe promis à une riche postérité. Avec, comme prolongement remarquable, l'opéra de Wagner *Parsifal* (1882).

4. Phrases

« Ce fut au temps qu'arbres fleurissent,
Feuilles, bocages, prés verdissent (...)
Que le fils de la veuve dame
De la grande forêt solitaire
Se leva » (début).

5. Lecture critique

Jean Frappier, *Chrétien de Troyes et le Mythe du Graal*, Paris, SEDES, 1972.

───────────

N°3. *LE ROMAN DE RENART* (1170-1250)

1. Argument

Une succession de récits (les « branches ») mettent en scène divers animaux autour du plus malin d'entre eux, Renart, le goupil. Apparaissent ainsi Chanteclerc, le coq, Ysengrin, le loup, Brun, l'ours, Tiécelin, le corbeau, Tibert, le chat, Noble, le lion et bien d'autres. Renart, avec sa femme Hermeline et sa grande descendance, habite Maupertuis, véritable château fort où il se réfugie une fois ses méfaits accomplis. Le goupil se plaît à ridiculiser ses adversaires et en particulier Ysengrin qu'il enferme dans un puits, qu'il tonsure avec de l'eau bouillante, qu'il mutile dans une partie de « pêche à la queue », dont il viole la femme, Hersent. Devant la cour de Noble, en l'absence de Renart, Ysengrin et tous les animaux viennent réclamer justice. Après un procès burlesque, Renart est condamné à être pendu, peine qui sera commuée : le goupil se fait pèlerin… mais pour mieux reprendre ses fourberies. Déguisé en médecin il prétend soigner le roi Noble, puis il dupe un paysan, Liétard, avant de mourir et de reposer en un caveau… vide.

2. Thèmes

● **La satire joyeuse**. Comme le fera La Fontaine, le conteur se sert des animaux pour se moquer des hommes et de leurs travers. Les tares sociales des simples humains comme celles des grands seigneurs sont dénoncées avec malice et bonne humeur.

● **L'apologie de la ruse**. Face à des adversaires puissants, Renart possède un atout précieux, son intelligence, qui lui permet de déjouer tous les pièges et de l'emporter sur les plus forts. Il devient le symbole du faible révolté dont l'amoralité est excusée par la sottise des oppresseurs.

3. Intérêt littéraire

● **Une œuvre anonyme**. Ce recueil d'anecdotes composé de 27 branches et de près de 25 000 vers est dû à divers auteurs (une vingtaine) dont Pierre de Saint-Cloud et Richard de Lison, se succédant sur trois quarts de siècle. Il sera continué par d'autres, tels Rutebeuf (*Renart le bestourné* vers 1260) ou Jacquemart Gielée (*Renart le nouvel*, 1288).

● **Un « roman » parodique**. Le mot « roman » désigne une histoire en langue vulgaire, par opposition aux œuvres rédigées en latin. *Le Roman de Renart,* écrit en octosyllabes, ne se présente pas comme une narration continue et entend parodier l'épopée et le roman courtois.

● **Un nom légendaire**. Renart est le prénom germanique (de Raginhard) de l'animal nommé goupil (du latin *vulpes*). La célébrité du personnage va favoriser l'antonomase (glissement du nom propre au nom commun) et conduire à rebaptiser l'animal rusé « un renard ».

4. Phrases

« *Seigneur, ce fut au moment où finit le bel été, où revient le cruel hiver* » (III).
« *Renart, que tous détestent de bon cœur, avait repéré, près d'un enclos, une riche exploitation récemment établie* » (V. a).

5. Lecture critique

Robert Bossuat, *Le Roman de Renart,* Paris, Hatier, 1969.

Nº4. RABELAIS, *GARGANTUA* (1534)

1. Argument

Le géant Gargantua fait une entrée remarquée dans la vie, venant au monde en criant : « A boire, à boire ! » Son appétit et sa bonne santé se maintiennent pendant son enfance où même ses jeux sont exceptionnels. Son père, le roi Grandgousier, décide de confier l'éducation du jeune géant au théologien Thubal Holopherne. Mais devant le résultat désastreux de cette formation archaïque, il envoie son fils à Paris pour étudier sous les ordres du sage Ponocrates qui fera de lui un véritable humaniste. Rentré en Chinonais, Gargantua prend parti contre Picrochole, un voisin ambitieux et querelleur. La « guerre picrocholine » s'engage ; elle est marquée par les exploits de frère Jean des Entommeures, vaillant abbé de Seuillé qui défait à lui seul des milliers d'ennemis. S'illustrent également la volonté d'apaisement de Gargantua (qui cherche à obtenir la paix) et son talent stratégique pour réduire son adversaire. Une fois victorieux, le géant traite avec indulgence les vaincus puis récompense ses compagnons, dont frère Jean pour qui il fait bâtir l'abbaye de Thélème. Dans ce lieu idéal, dont l'apparence est celle d'un confortable château, le moine fonde une communauté harmonieuse cultivant le bonheur.

2. Thèmes

● **L'éducation humaniste**. La première partie du récit veut opposer aux méthodes néfastes de l'éducation moyenâgeuse les principes nouveaux de la Renaissance : développement harmonieux du corps (par l'hygiène et la gymnastique) et de l'esprit (par le mélange de l'intelligence et de la mémoire, de la littérature et des sciences, de la morale et de l'art), curiosité encyclopédique et activité de l'élève.

● **La satire de la guerre**. Le conflit ridicule provoqué par les fouaciers de Lerné et leur roi Picrochole permet à l'auteur de dresser un réquisitoire contre la guerre et l'instinct belliqueux ; un bon prince est d'un naturel pacifique, ne convoite pas les biens de son voisin, s'efforce de sauvegarder la paix et, faute d'y parvenir, mènera un combat loyal, discipliné, mesuré.

● **L'utopie**. L'abbaye de Thélème (en grec = volonté libre), dont frère Jean hérite, semble constituer un asile de paix, d'harmonie, de liberté et de bonheur. Cette « cité idéale », dont la devise est « Fais ce que voudras », veut concilier l'idéal chrétien et l'épanouissement épicurien.

3. Intérêt littéraire

● **La geste des géants.** « La vie horrifique du grand Gargantua, père de Pantagruel » (c'est le titre exact) est la suite d'un premier volume, paru deux ans plus tôt et qui avait pour titre « Les horribles et épouvantables faits et prouesses du très renommé Pantagruel, roi des Dipsodes ». En 1546, paraîtra le troisième volume (*Le Tiers Livre*), puis viendront *Le Quart* et le *Cinquième Livre*, ce dernier posthume et peut-être apocryphe.

● **La victoire du rire.** Le rire, qualité supérieure et « propre de l'homme », transforme ce livre en fête de l'esprit grâce à l'étourdissante invention verbale, aux innombrables jeux de mots, aux effets de démesure, aux peintures parodiques, aux plaisanteries scatologiques. Rabelais nous offre une vision du monde joyeuse et démystificatrice.

4. Phrases

« Puis par curieuse leçon et méditation fréquente, rompre l'os et sucer la substantifique moelle... » (avertissement).
« Toute leur vie était employée non par lois, statuts ou règles, mais selon leur vouloir et franc arbitre » (chap. LVII).

5. Lecture critique

Mikhaïl Bakhtine, *L'Œuvre de Rabelais et la Culture populaire au Moyen Age et sous la Renaissance* (trad. Andrée Robel), Paris, Gallimard, 1970.

N°5. D'URFÉ, *L'ASTRÉE* (1607-1627)

1. Argument

Au Vᵉ siècle de notre ère, dans le Forez, le berger Céladon aime depuis trois ans la bergère Astrée. Mais les familles se détestent et la jalousie d'un rival vient séparer les deux amants. A travers de multiples épisodes et péripéties, ils tenteront de se rejoindre. Par exemple, Céladon, qui croit à l'indifférence de sa maîtresse, se jette dans le Lignon et est laissé pour mort ; puis la nymphe Galathée, reine du Forez, veut retenir le jeune homme pour l'épouser ; plus tard, Astrée, aidée par le druide Adamas, se lie avec Alexis, prétendue fille du druide qui n'est autre que Céladon lui-même qui n'ose se faire reconnaître ; puis la guerre perturbe l'amitié des jeunes gens et permet à Alexis de montrer sa bravoure… Finalement, après bien des épreuves et des rencontres, alors que les deux amants qui ne parviennent pas à se révéler leur sentiment sont disposés à mourir, la fontaine de Vérité d'Amour accomplit un prodige en découvrant les cœurs et scellant le mariage. (Cet épilogue est dû à un collaborateur de d'Urfé, Balthazar Baro.)

2. Thèmes

● **L'idéal d'amour.** Reprenant les théories platoniciennes et l'héritage courtois, le roman développe une conception rigoureuse de l'amour fondée sur des exigences élevées, sur une quête héroïque, sur des sacrifices généreux. Divers personnages illustrent les différents degrés de l'amour et ses délicieuses complications.

● **L'utopie.** Dans un cadre précis et champêtre – entre Rhône et Auvergne –, d'Urfé imagine un univers épargné des perfidies de la vie moderne et conforme aux rêves idylliques d'un Éden pittoresque. La Gaule chrétienne devient, grâce à l'amour pur, un paradis de convention.

3. Intérêt littéraire

● **Le roman pastoral.** *L'Astrée* prolonge la tradition antique des pastorales (*Les Bucoliques, Daphnis et Chloé*) et s'inspire de modèles européens plus récents tels *L'Arcadia* de Sannazar (1502) ou *Galatea* de Cervantès (1584). Dans toutes ces œuvres, des bergers mondains ignorent les servitudes rurales et se consacrent uniquement aux plaisirs et aux souffrances de l'amour.

● **Un immense succès de librairie**. Ce roman aux dimensions exceptionnelles (cinq mille pages, près de trois cents personnages, de multiples récits enchâssés) connut au XVIIᵉ siècle un succès retentissant dont les traces se retrouvent dans le courant précieux ou chez La Fontaine. Il influencera aussi le roman sentimental du XVIIIᵉ siècle.

4. Phrases

« Il faudra servir, souffrir, et n'avoir des yeux ni de l'amour que pour moi » (I, 1).
« La perfection de l'amour n'est pas d'être aimé, mais d'être amant » (II, 5).

5. Lecture critique

Gérard Genette, « Le Serpent dans la bergerie », in *Figures I*, Paris, Seuil, 1966.

────────────────

N°6. SCARRON, *LE ROMAN COMIQUE* (1651-1657)

1. Argument

Un jeune aristocrate, Destin, et sa fiancée, L'Étoile, se sont joints à une troupe de comédiens pour échapper aux persécutions d'un jaloux puissant. Nous partageons alors la vie de la troupe qui fait halte dans la ville du Mans, accueillie par le prévôt La Rappinière. L'avocat ridicule Ragotin s'est épris de L'Étoile et demande au comédien La Rancune de l'aider à la conquérir. Diverses péripéties compliquent l'intrigue (enlèvement d'Angélique, fille de La Caverne, une autre comédienne, disparition de Léandre, valet de Destin), divers récits emboîtés l'interrompent (histoire de La Caverne, de doña Inezilla, de La Garouffière…). Le roman s'arrête alors qu'une troisième partie devait amener l'épilogue.

2. Thèmes

● **La vie des comédiens**. L'adjectif « comique » du titre souligne l'ambition de l'auteur de raconter les aventures de comédiens. La peinture du théâtre (au moment où Molière bat la campagne avec sa troupe) est propice à des histoires rocambolesques ; elle sera reprise par Th. Gautier dans *Le Capitaine Fracasse*.
● **La province**. Il est rare, pour l'époque, que la province, considérée comme un lieu reculé et inconfortable, accède à la littéra-

ture. Scarron, qui a lui-même vécu dans cette région du Maine, la décrit avec une extrême fidélité et avec pas mal de sévérité.

3. Intérêt littéraire

● **La parodie burlesque.** Ce livre prolonge quelques outrances du baroque. Il combine un romanesque de convention (enlèvement, duels, scènes sentimentales) et des effets burlesques, voire scatologiques (bagarres, déguisements, quiproquos).

● **Une structure originale.** Avant Diderot et les romanciers modernes, Scarron se plaît à rompre l'illusion romanesque. Il le fait par l'insertion dans son récit d'histoires annexes (quatre nouvelles d'emprunt) et surtout par ses interventions malicieuses pour commenter la narration.

4. Phrases

« Le soleil avait achevé plus de la moitié de sa course et son char, ayant attrapé le penchant du monde, roulait plus vite qu'il ne voulait » (I, 1, incipit).

« Qui contient ce que vous verrez, si vous prenez la peine de le lire » (I, 11, titre).

5. Lecture critique

Paul Morillot, *Scarron, étude biographique et littéraire*, Paris, Slatkine, 1970.

———————————

N°7. MADAME DE LAFAYETTE, *LA PRINCESSE DE CLÈVES* (1678)

1. Argument

Nous sommes à la cour du roi Henri II, en 1559. Mlle de Chartres, jeune fille d'une beauté remarquable, accepte, sur les instances de sa mère, d'épouser le prince de Clèves. Peu après, au cours d'un bal à la cour, la nouvelle princesse est présentée au séduisant duc de Nemours qui s'éprend d'elle aussitôt. La jeune femme résiste et, fait unique, s'ouvre à son mari des assiduités du duc. Le prince de Clèves, follement jaloux, se laisse mourir ; son épouse, pour respecter la mémoire du défunt et en conformité avec une éthique du renoncement, refuse de céder à Nemours. Elle le verra une dernière fois avant de se retirer dans un couvent.

2. Thèmes

● **Une chronique de cour.** Le livre, présenté comme des mémoires, brosse un tableau assez fidèle des dernières années du règne d'Henri II, des intrigues de cour, des événements historiques, des débats politiques du temps.

● **L'affrontement du cœur et de la raison.** Ce roman est celui d'une passion impossible entre un homme à bonnes fortunes et aux sentiments incertains, et une jeune femme préparée par son éducation à résister aux penchants désastreux de l'amour. La leçon morale s'inspire des philosophies du jansénisme.

3. Intérêt littéraire

● **Un débat mondain.** Le livre, publié anonymement, suscite dès sa parution des débats animés pour juger de la vraisemblance de l'acte central, l'aveu au mari. Du succès de scandale, on passera à une unanime reconnaissance littéraire.

● **Le chef-d'œuvre du roman « classique ».** Conformément à l'esthétique dominante du XVIIe siècle, le livre se caractérise par une intrigue simple, une extrême sobriété de la langue, une grande économie des effets, un petit nombre de personnages : autant de lois de l'art « classique ».

● **Le premier roman d'analyse psychologique.** En nous faisant entrer dans la conscience torturée de son héroïne par les moyens du « monologue intérieur », en peignant les troubles du sentiment, Madame de Lafayette ouvre la voie à une féconde tradition romanesque (de l'abbé Prévost à Gide).

4. Phrases

« La magnificence et la galanterie n'ont jamais paru en France avec tant d'éclat que dans les dernières années du règne de Henri second » (première phrase).

« Les passions peuvent me conduire, elles ne sauraient m'aveugler » (quatrième partie).

5. Lecture critique

Roger Francillon, *L'Œuvre romanesque de Mme de Lafayette*, Paris, Corti, 1973.

N°8. FÉNELON, *LES AVENTURES DE TÉLÉMAQUE* (1699)

1. Argument

Le fils d'Ulysse, Télémaque, aidé par son précepteur Mentor, décide de partir à la recherche de son père. Les voyageurs doivent essuyer une tempête qui les précipite dans l'île de la déesse Calypso, qu'Ulysse vient de quitter. La déesse tient à se faire raconter le voyage du jeune homme dans la Méditerranée et s'intéresse en particulier à la description de la Crète, administrée par le sage Minos. Une intrigue sentimentale interrompt le récit : Calypso s'est éprise de Télémaque qui, lui-même, tombe amoureux de la nymphe Eucharis. Le fils d'Ulysse et Mentor quittent l'île, s'arrêtent en Bétique, véritable pays d'Éden, puis arrivent à Salente où ils sont accueillis par le roi Idoménée. La ville est en guerre et Mentor joue les conciliateurs pendant que Télémaque montre sa bravoure. Après avoir aidé au rétablissement de l'ordre dans la cité, le héros descend aux enfers où son père n'est plus. Il revient à Salente, se prend de passion pour Antiope, la fille d'Idoménée, et apprend les règles du gouvernement. Prêt à régner, il peut rentrer à Ithaque où il retrouve enfin Ulysse.

2. Thèmes

● **La portée didactique.** Le livre est écrit pour former l'esprit de l'héritier, le turbulent duc de Bourgogne. Le futur roi devra, comme le jeune Télémaque, refuser l'autoritarisme, l'ambition, l'ostentation, le bellicisme afin de bâtir une société de modération, de justice, d'humanité. La leçon de Fénelon prépare celle des Lumières.

● **La peinture utopique**. Le message politique est disséminé dans la peinture d'une « cité idéale » obtenue par le recoupement des trois lieux privilégiés : la Crète, la Bétique, Salente. L'utopie fénelonienne se fonde sur le respect de la nature, l'amour de la paix, le refus du luxe et de la richesse, la bienveillance du pouvoir, la réhabilitation du commerce.

3. Intérêt littéraire

● **Un pastiche d'Homère.** Fénelon, pétri de culture antique, s'inspire ouvertement de *L'Odyssée* qu'il entend prolonger en introduisant dans sa narration des personnages, des lieux, des références connus et appréciés du public de l'époque. Il définit son livre comme « une narration fabuleuse en forme de poème épique comme ceux d'Homère et de Virgile ».

● **Le roman d'aventures.** Reprenant certains principes du baroque, le récit avance au gré des péripéties romanesques et sentimentales, et s'enrichit de retours en arrière et d'enchâssements. La tradition du roman d'aventures est ainsi à la fois respectée et renouvelée.

4. Phrases

« Alors Idoménée avoua à Mentor qu'il n'avait jamais senti de plaisir aussi touchant que celui d'être aimé et de rendre tant de gens heureux » (X).

« Le suprême et le parfait gouvernement consiste à gouverner ceux qui gouvernent » (XVII).

5. Lecture critique

V. Kapp, *« Télémaque » de Fénelon : la signification d'une œuvre littéraire à la fin du siècle classique*, Paris, Narr-Place, 1982.

N°9. MONTESQUIEU,
LES LETTRES PERSANES (1721)

1. Argument

Deux Persans, Usbeck et Rica, quittent leur pays pour venir visiter l'Europe et notamment la France. Ils échangent leurs impressions dans des lettres mutuelles ou adressées à divers correspondants restés en Perse. Deux domaines nourrissent la correspondance : la situation du sérail d'Ispahan d'abord, où l'absence du maître et la mort du grand eunuque ont entraîné des désordres ; les modes de vie et les comportements des Parisiens, les institutions françaises ensuite. Après 161 lettres le livre se referme sur Usbeck qui, ayant passé neuf années hors de chez lui, songe à rentrer.

2. Thèmes

● **L'exotisme oriental.** Le XVIIIᵉ siècle montre un intérêt soutenu pour l'Orient. A son tour Montesquieu, avec complaisance et humour, exploite cette veine, introduisant dans son récit les épisodes scabreux du sérail et la semi-révolte de Roxane, la favorite.
● **Le pamphlet satirique.** Grâce au principe du « regard neuf », les Persans peuvent dénoncer l'absurdité de certaines coutumes ou pratiques françaises : le jeu, l'académie, les cafés, la banque de Law, le rôle du roi, la fonction du pape… Sous la fausse candeur perce l'arme redoutable du siècle, l'ironie.

3. Intérêt littéraire

● **Le brouillon de *L'Esprit des lois*.** Malgré sa légèreté railleuse, le roman aborde des sujets sérieux en matière politique ou philosophique, préparant l'essai important publié par Montesquieu en 1748. En particulier dans les lettres consacrées aux Troglodytes (XI à XIV) et dans l'intrigue du sérail.
● **Le premier roman par lettres.** Ou au moins le premier à faire date et à lancer une mode qui se répandra dans tout le siècle (avec des lettres chinoises, tibétaines ou mongoles…) jusqu'à Rousseau et Laclos. L'écriture fragmentaire que suppose la forme épistolaire convient parfaitement à cette succession de tableaux satiriques.

4. Phrases

« *Monsieur est Persan ? Comment peut-on être Persan ?* » (l. XXX).

« *J'ai ouï parler d'une espèce de tribunal qu'on appelle* Académie française… » (l. LXXIII).

5. Lecture critique

Jean Goldzink, *Montesquieu, Lettres persanes*, Paris, P.U.F., coll. « Études littéraires », 1989.

N°10. ABBÉ PRÉVOST, *MANON LESCAUT* (1731)

1. Argument

Un certain Renoncour, « homme de qualité », retrouve, après deux ans, le chevalier Des Grieux et lui fait raconter ses aventures. Le jeune homme, alors âgé de dix-sept ans, a rencontré à Amiens une séduisante jeune fille de seize ans, Manon. Tous deux s'enfuient à Paris pour cacher leur amour illégitime. Ils mènent là une vie d'expédients « toute composée de plaisirs et d'amours » mais aussi de tracas occasionnés par le manque d'argent et le désaveu social. Le père du chevalier fait enfermer son fils ; Tiberge, son ami, lui prodigue des leçons de morale ; Lescaut, le frère de Manon, l'entraîne au jeu et à la tricherie. Manon, incapable de vivre dans la pauvreté, accepte les hommages de protecteurs fortunés. Un moment tentés par la sagesse d'une existence campagnarde à Chaillot, les deux amants replongent dans le désordre qui les mène en prison puis, pour Manon, à la déportation. Des Grieux suit la jeune femme à la Nouvelle-Orléans, obtient son élargissement, se dispose à l'épouser quand une rivalité amoureuse les contraint à fuir « au désert ». Manon, épuisée, expire dans les bras de son amant qui, rentré en France, revient à une vie de vertu.

2. Thèmes

● **La passion fatale.** Ces deux très jeunes gens, issus de milieux mal assortis, semblent, dès leur première rencontre, prédestinés à vivre une passion absolue et tragique. Les obstacles que la société oppose à cette union ne parviendront pas à étouffer ce sentiment, transformant une liaison banale en défi au destin.

● **Une femme libérée.** Manon est à la fois irrésistible et énigmatique. D'une beauté remarquable, elle séduit tous les hommes, oublie la vertu, mais conserve une fraîcheur sincère. Ce « sphinx étonnant » (Musset) refuse la dépendance et, par son refus de la morale, préfigure les silhouettes modernes de femmes émancipées.

● **Le tableau d'une époque**. Les modes et les mœurs du début du XVIIIe siècle nous sont montrées ici avec une extrême fidélité : le goût du jeu, le sens du paraître, le rôle de l'argent, la collusion des riches et du pouvoir, les dérives de la justice… S'offre à nos yeux « la fin d'un monde » (Jean Sgard).

3. Intérêt littéraire

● **Le roman de formation.** Ce modèle romanesque – qui sera illustré surtout au XIXe siècle – sous-tend le livre dont le titre exact est *L'Histoire du chevalier Des Grieux et de Manon Lescaut*. Le cadet inexpérimenté et naïf, « jeune et aveugle », deviendra, à travers les épreuves, un homme aguerri digne de sa condition.

● **Le récit enchâssé**. Le roman est formé par la confession du chevalier Des Grieux qui survient neuf mois après la mort de Manon. Le destinataire officiel est Renoncour, censé raconter ses « mémoires ». Nous entrons donc dans une structure, celle du « double registre » (récit rétrospectif, distance narrative et mise en abîme, plaidoyer différé et ambigu), très prisée au XVIIIe siècle.

4. Phrases

« Je travaille à rendre mon chevalier heureux » (Manon, première partie).

« Inconstante Manon, repris-je, fille ingrate et sans foi, où sont vos promesses et vos serments ? » (Des Grieux, deuxième partie).

5. Lecture critique

Jean Sgard, *L'Abbé Prévost, labyrinthe de la mémoire*, Paris, P.U.F., « Écrivains », 1986.

N° 1 1 . CRÉBILLON FILS, *LES ÉGAREMENTS DU CŒUR ET DE L'ESPRIT* (1738)

1. Argument

Un aristocrate vieillissant, Monsieur de Meilcour, entreprend de raconter son entrée dans sa dix-septième année. Son initiation est assurée par une femme mûre, amie de sa propre mère, la coquette Madame de Lursay. Celle-ci, avec beaucoup de savoir-faire, parvient à éveiller les sens du jeune homme inexpérimenté qui, parallèlement, est sensible aux charmes d'une jeune inconnue, Hortense de Théville, qu'il rêve de conquérir. Dans ses entreprises il est aidé et conseillé par Versac, un « roué », revenu des femmes, et beau parleur. A l'issue de péripéties multiples, Madame de Lursay, qui a réussi à évincer sa rivale, est prête à s'offrir dans son boudoir quand... s'interrompent ces mémoires restés inachevés.

2. Thèmes

● **La peinture du libertinage.** Dans ce milieu galant et mondain, la principale qualité de ces aristocrates oisifs est l'amour organisé en rites compliqués : la conversation, le badinage, la promenade aux Tuileries, la parade à l'opéra, etc. Madame de Lursay cache sous sa pruderie un art consommé de l'intrigue et Versac défend ses théories avec un cynisme absolu.

3. Intérêt littéraire

● **La peinture d'époque.** La casuistique galante est à la mode : elle est illustrée au théâtre par Marivaux, elle s'exprime ici par une rhétorique verbale, une mise en scène savante du sentiment. Cette « métaphysique du cœur » constitue le trait d'une époque (la Régence) soucieuse de dissimuler une sensualité incontrôlée sous les apparences de la pruderie.

● **Le roman de formation.** En préfiguration aux grandes réalisations romanesques du XIXᵉ siècle, ce livre se propose de décrire – sous couvert d'une volonté édifiante – l'initiation d'un jeune homme naïf, voire niais, aux choses de l'amour. La narration rétrospective (à plusieurs années de distance) ajoute de l'ironie au message.

● **Le premier du « second rayon ».** Ce roman plein de richesses et d'ambiguïtés a longtemps été réduit à une polissonnerie datée. On le redécouvre aujourd'hui en lui rendant sa place entre Prévost et Laclos, Rousseau et Sade, Marivaux et Bernardin de Saint-Pierre. Livre de « second rayon » peut-être (comme l'écrit Émile Henriot), mais le premier d'entre eux.

4. Phrases

« L'amour seul préside ici » (préface).

« L'idée de plaisir fut, à mon entrée dans le monde, la seule qui m'occupa » (première partie).

« Une passion est toujours un malheur pour une femme » (seconde partie).

5. Lecture critique

Violaine Géraud, *La Lettre et l'Esprit de Crébillon fils*, Paris, SEDES, 1995.

N° 12. ROUSSEAU, *LA NOUVELLE HÉLOÏSE* (1761)

1. Argument

L'action se passe sur les bords du lac Léman, près de Lausanne. La jeune Julie d'Étange s'éprend de son précepteur, le roturier Saint-Preux. Mais les conventions sociales interdisent le mariage et le jeune homme doit quitter la Suisse pour Paris. Là, en compagnie de son ami Lord Edouard, il cherche l'oubli dans la dissipation. De son côté, Julie est contrainte d'épouser le sage Monsieur de Wolmar. Le temps passe, deux enfants naissent chez les Wolmar sans que Julie parvienne à oublier son ancien précepteur. Pour guérir la passion de son épouse, Wolmar invite Saint-Preux dans la maison familiale de Clarens. Les deux amants se retrouvent avec émotion, mesurent la force de leur attachement, mais constatent aussi les altérations apportées par le temps. En souhaitant sauver son fils de la noyade, Julie contracte une maladie qui l'emporte peu après. Elle expire dans les bras de Saint-Preux à qui elle confie l'éducation de ses enfants.

2. Thèmes

• **L'hymne à la passion.** Rousseau peint deux jeunes gens liés par un sentiment aussi pur qu'indissoluble. Cette passion sincère et naturelle (donc vertueuse) est assez forte pour résister aux tentations du plaisir, aux douleurs de la séparation, aux laideurs de l'adultère, aux épreuves du temps.

• **Le sentiment de la nature.** Cet amour idéal doit s'exprimer dans un décor parfait, protégé des vices de la civilisation. Le lac de Genève, les montagnes du Valais, Clarens et son jardin fournissent ce cadre privilégié à un bonheur naturel.

3. Intérêt littéraire

• **Le triomphe de la sensibilité.** Ce roman d'amour et de vertu, dans lequel on pleure beaucoup, connut un retentissement considérable à son époque (où il tranchait sur les peintures libertines) et dans celle qui suivit, marquée par la naissance du goût romantique.

• **La polyphonie narrative.** Avant Laclos (qui le parodiera) la suite des *Lettres persanes* de Montesquieu ou de *Harlowe* de l'anglais Richardson, le roman exploite parfaitement les ressources du roman épistolaire : analyses psychologiques, écriture du moi, successions de tableaux, jeu avec les lettres, etc.

4. Phrases

« *Le pays des chimères est en ce monde le seul digne d'être habité* » (IV, 8).

« *Non, je ne te quitte pas, je vais t'attendre. La vertu, qui nous sépara sur terre, nous unira dans le séjour éternel* » (VI, 12).

5. Lecture critique

Jean Starobinski, Jean-Jacques Rousseau, *La Transparence et l'Obstacle*, Paris, Gallimard, 1971.

N° 13. VOLTAIRE, *L'INGÉNU* (1767)

1. Argument

Un jeune Indien du Canada, de la tribu des Hurons, est accueilli à sa descente de bateau par la société bretonne dont il devient le favori. L'Ingénu – il est nommé ainsi en raison de sa naïveté – sera baptisé et aura pour marraine la belle Mlle de Saint-Yves, dont il tombe amoureux. Mais divers obstacles (dont l'interdiction d'épouser sa « commère ») empêchent le mariage. Le bon sens du Huron et son absence de préjugés l'inclinent à refuser tout retard à ses noces et, après avoir défait courageusement une flotte anglaise, il se rend à Paris pour obtenir récompense et autorisation de mariage. Après un trajet mouvementé, il est arrêté et jeté à la Bastille suite à une dénonciation. En prison il se lie avec Gordon, un janséniste qui fait son éducation, et qu'il étonne par la sagesse de son raisonnement. Pour sauver son fiancé, Mlle de Saint-Yves entreprend des démarches auprès d'un jésuite puis d'un conseiller du ministre aux instances duquel elle doit céder. L'Ingénu est libéré, mais la jeune fille ne peut supporter son déshonneur : elle tombe malade et meurt brutalement. Le Huron, tenté un moment par le suicide, dépasse son chagrin et accepte de devenir « guerrier et philosophe ».

2. Thèmes

● **Le bon sauvage.** Le XVIIIe siècle – à travers La Hontan, Diderot, Rousseau et bien d'autres – a aimé à peindre et à réhabiliter des êtres primitifs. Voltaire reprend le « mythe », mais le traite de façon personnelle puisque la nature brute de l'Ingénu, faite de franchise, de courage mais aussi de violence irréfléchie, est assouplie par la civilisation qui le rend cultivé et discipliné.

● **La portée satirique.** Les aventures du Huron sont le prétexte à une critique de la France, de ses mœurs, pratiques, institutions. La satire est à la fois religieuse (les rituels de l'Église, les querelles internes), politique (la courtisanerie, l'arbitraire, la vénalité), sociale et culturelle (l'hypocrisie mondaine, les lectures…).

3. Intérêt littéraire

● **Un conte philosophique.** Comme la plupart des récits de Voltaire, *L'Ingénu* souhaite poser des questions de nature philosophique à propos, par exemple, de la tolérance, de la justice, de la métaphysique, de la providence, de l'instruction.

● **Un roman parodique.** Pourtant, la construction du livre, son étendue, son intrigue permettent de le classer (à la différence de *Candide* ou de *Zadig*) dans la catégorie des romans. Mais un roman qui ne se prend pas au sérieux en exploitant parodiquement les recettes du genre sentimental et les structures du roman d'apprentissage.

4. Phrases

« *J'ai été changé de brute en homme* » (chap. 11).

« *Dieu n'a créé les femmes que pour apprivoiser les hommes* » (chap. 14).

« *Il fit pour sa devise :* malheur est bon à quelque chose. *Combien d'honnêtes gens ont pu dire :* malheur n'est bon à rien » (chap. 20).

5. Lecture critique

Jacques Van den Heuvel, *Voltaire dans ses contes*, Paris, A. Colin, 1967.

──────────────

N°14. DIDEROT, *JACQUES LE FATALISTE ET SON MAÎTRE* (1773)

1. Argument

Jacques est un garçon de la campagne qui, après un passage dans l'armée, s'est mis au service d'un maître (sans nom). Au cours du voyage qu'ils accomplissent ensemble, Jacques raconte à son maître, qui lui en a fait la demande, l'histoire de ses amours avec une fille d'auberge. Mais le récit est interrompu par les péripéties du voyage (intervention d'un chirurgien, rencontre de personnages curieux, logements divers…), par des discussions philosophiques entre les deux hommes (sur l'amour, sur le fatalisme…), par des anecdotes intercalées racontées par le héros ou par des personnages de rencontre. Ainsi, en particulier, l'histoire de Mme de La Pommeraye qui se venge de son amant volage en lui faisant épouser une catin. Au bout de plusieurs jours de voyage et d'aventures, le récit s'interrompt brutalement.

2. Thèmes

● **Le débat philosophique.** Le titre du roman indique assez que la fiction annoncée cache un message philosophique, celui du fatalisme représenté par « le grand rouleau » de la destinée. Mais Jacques voit ses certitudes contestées par l'ironie de son maître ou par la nature des événements qu'il affronte. La sagesse ne saurait s'obtenir par la soumission aveugle au déterminisme.

● **Le couple masculin.** Jacques et son maître forment un duo attachant du fait de leur différence de condition, de langage, de pensée, de statut romanesque également. Le modèle est repris, avec de subtils aménagements, de Cervantès (Don Quichotte et Sancho Pança) ou de Molière (Don Juan et Sganarelle). La fortune littéraire du thème se confirmera.

3. Intérêt littéraire

● **Une parution difficile.** Comme beaucoup d'ouvrages de Diderot, celui-ci fut édité de manière posthume. Rédigé au crépuscule de sa vie (l'écrivain a atteint la soixantaine), l'ouvrage paraît d'abord en feuilleton dans *La Correspondance littéraire,* le journal de Grimm (1778), puis est publié en Allemagne après la mort de l'auteur avant d'être retraduit en français seulement en 1796.

● **L'innovation romanesque**. Diderot, avec ce livre inclassable, subvertit le genre du roman : en imitant, jusqu'à la parodie, le modèle picaresque ; en intégrant des parties dialoguées, en contestant l'illusion romanesque par des intrusions d'auteur, en superposant divers niveaux narratifs. Et pourtant le livre, constamment relancé par des anecdotes savoureuses, des peintures réalistes, des personnages singuliers, se lit… comme un roman.

4. Phrases

« Comment s'étaient-ils rencontrés ? Par hasard, comme tout le monde. Comment s'appelaient-ils ? Que vous importe. D'où

venaient-ils ? Du lieu le plus prochain. Où allaient-ils ? Est-ce que l'on sait où l'on va ? » (incipit).

5. Lecture critique
Eric Walter, *Jacques le fataliste*, Hachette, « Poche critique », Paris, 1975.

───────────────────

N°15. CHODERLOS DE LACLOS, *LES LIAISONS DANGEREUSES* (1782)

1. Argument
La libertine Madame de Merteuil, pour se venger d'un ancien amant, demande à son complice, le vicomte de Valmont, de séduire la jeune Cécile Volanges. Celui-ci, par goût du jeu, accepte le contrat, mais souhaite le mener parallèlement à une autre entreprise galante, plus personnelle, la conquête de la prude Mme de Tourvel. Après bien des péripéties, le double plan est réalisé. Mais Valmont, soupçonné par Merteuil d'éprouver un vrai sentiment pour la Tourvel, rompra brutalement avec sa victime, déclenchant une série de révélations qui précipiteront sa perte (il est tué en duel par le fiancé de Cécile), celle de Mme de Tourvel (morte de honte et de remords) et celle de Mme de Merteuil, soumise à l'opprobre public. Cécile entre au couvent.

2. Thèmes
● **Une bible du libertinage.** Ce livre, précédé d'une réputation sulfureuse, nous fait entrer dans l'univers des « roués », êtres licencieux, soumis à des codes stricts tendus vers la recherche du plaisir et la transgression sociale ou morale.
● **Deux figures diaboliques.** Merteuil, femme sans scrupule en révolte contre la société, et Valmont, jouisseur satanique et pervers, sont devenus les archétypes du libertinage calculateur et de l'intelligence mise au service du mal.

3. Intérêt littéraire
● **L'art du roman par lettres.** Le roman épistolaire, mis à la mode par l'Anglais Richardson, offre des possibilités narratives subtiles brillamment exploitées par Laclos : polyphonie du récit, multiplicité de l'action, pénétration psychologique, séduction par le langage, pouvoir dévastateur de la lettre…
● **Un message ambigu.** Le militaire Laclos, homme d'un seul livre, prétend dans sa préface nous livrer ces lettres dans un

l'édification morale. Le lecteur moderne, fasciné par des personnages hors du commun et par des intrigues magistralement menées, a du mal à souscrire à une telle volonté.

4. Phrases

« *L'homme jouit du bonheur qu'il ressent, la femme de celui qu'elle procure* » (Lettre 130).

« *Adieu, mon Ange, je t'ai prise avec plaisir, je te quitte sans regret : je te reviendrai peut-être. Ainsi va le monde ? Ce n'est pas ma faute* » (Valmont, Lettre 141).

5. Lecture critique

Pierre Bayard, *Le Paradoxe du menteur. Sur Laclos*, Paris, Minuit, 1993.

———————————

N°16. BERNARDIN DE SAINT-PIERRE, *PAUL ET VIRGINIE* (1788)

1. Argument

Un vieillard de l'île de France (Île Maurice) raconte au narrateur la malheureuse histoire survenue vingt ans plus tôt à deux adolescents de l'île. Virginie, fille d'une jeune veuve, et Paul, fils d'une paysanne séduite, sont élevés ensemble dans un coin de l'île propre à cacher une entente unique et un bonheur naturel. La belle harmonie est rompue par une séparation : Virginie est rappelée en France par une tante qui souhaite faire son éducation et sa fortune. Après trois ans de souffrance passés en métropole et des lettres de tristesse – jamais parvenues à leur destinataire – un navire, le Saint-Géran, ramène Virginie dans l'île. Prévenu *in extremis* du retour de son amie, Paul rejoint le rivage balayé par une tempête effroyable pour assister impuissant au naufrage du Saint-Géran et à l'engloutissement de Virginie. Le jeune homme, miné de chagrin, meurt deux mois plus tard, peu avant la disparition des deux mères.

2. Thèmes

● **L'utopie.** Les XVIIe et XVIIIe siècles aiment à peindre des lieux merveilleux protégés des influences corruptrices de la civilisation. L'île, décor traditionnel de l'utopie, se mêle à la « pastorale » pour constituer un Éden d'avant la faute peuplé de créatures vertueuses et sensibles.

● **L'exotisme.** Le succès du livre tient, entre autres, à la peinture d'une nature généreuse (qui assure la survie et le bonheur de ceux qui la respectent) et pittoresque (par la végétation luxuriante). Le goût pour l'exotisme se mélange ainsi au culte d'une nature originelle.

● **Le couple tragique.** L'amour qui unit Virginie et Paul est tout aussi pur que profond et... impossible. De telles idylles – comparables à celles des grands couples mythiques – ne peuvent se réaliser que dans l'absolu de la mort.

3. Intérêt littéraire

● **Un roman moralisateur.** Le livre comporte une leçon inspirée de Rousseau : la supériorité de la nature sur la civilisation. Le message nous est livré avec insistance et emphase à travers une prose lyrique ponctuée de discours édifiants et de considérations morales.

● **Un roman sentimental.** La vogue larmoyante du siècle atteint ici son apogée. Le sentiment tient lieu de morale, garantit la vertu, excuse les fautes. En prolongeant – jusqu'à la caricature – la sensibilité rousseauiste, *Paul et Virginie*, roman un peu faible érigé au rang de mythe littéraire, prépare les débordements romantiques.

4. Phrases

« Il faut préférer les avantages de la nature à tous ceux de la fortune. »

« Virginie, voyant la mort inévitable, posa une main sur ses habits, l'autre sur son cœur, et levant haut les yeux sereins, parut un ange qui prend son envol vers les cieux. »

5. Lecture critique

Georges Benrekassa, « L'univers culturel de *Paul et Virginie* », *Fables de la personne. Pour une histoire de la subjectivité*, Paris, P.U.F., 1985.

N°17. CHATEAUBRIAND, *RENÉ* (1802)

1. Argument

René, jeune Français recueilli par la tribu nord-américaine des Natchez, raconte son histoire au vieil Indien Chactas et au père Souël, un missionnaire. Sa naissance a failli coûter la vie à sa mère, son enfance fut solitaire et sauvage, son adolescence mélancolique, rendue supportable par son attachement pour sa sœur Amélie. A la mort de son père, René, tenté un moment par l'état religieux, promène son ennui en divers lieux d'Europe, puis pense à quitter la vie. Amélie parvient à le détourner du suicide, mais, secrètement amoureuse de son frère, elle préfère se retirer dans un couvent. Livré au désespoir, le jeune homme s'embarque pour l'Amérique où il apprend la mort d'Amélie. Lui-même périra peu après. Le père Souël et Chactas tirent la leçon de cet échec.

2. Thèmes

● **Le mal du siècle.** René souffre d'un mal sans cause, fait de spleen et d'impuissance à vivre, un « vague des passions » qui le jette dans des accès de mélancolie et d'insatisfaction. Mais ce mal, en même temps, est sa raison d'être et sa grandeur, car il atteste sa dimension exceptionnelle et l'ouvre aux voies de l'absolu. Débordant d'un amour inassouvi, poursuivi par la fatalité, revenu de toutes les illusions, le héros romantique est voué au malheur.

● **La confidence voilée.** Derrière René se profile François-René (de Chateaubriand), derrière Amélie, se devine la vraie sœur de l'écrivain, Lucile ; les images du roman rappellent les lieux et les épisodes de la jeunesse de l'auteur (Combourg). Le roman contribue discrètement à la reconstitution du moi.

3. Intérêt littéraire

● **Un succès ambigu.** Présenté comme le pendant d'*Atala* (1801) et, comme ce premier récit, primitivement rattaché au *Génie du christianisme*, *René* a connu un accueil délirant par une génération – le premier romantisme – qui s'est reconnue dans ce héros insatisfait. Or Chateaubriand souhaitait, avec ce *Werther* français, dénoncer le « poison » de la rêverie, de la solitude, de la mélancolie. Bien des années plus tard il précisera : « Si *René* n'existait pas, je ne l'écrirais plus. »

● **Le lyrisme de l'élégie.** Le récit est très bref, l'intrigue très mince et assez convenue. L'intérêt de l'œuvre tient à son charme poétique, à l'évocation lyrique de paysages en harmonie avec l'âme.

4. Phrases

« Levez-vous vite, orages désirés, qui devaient emporter René dans les espaces d'une autre vie ! »

« Je vois un jeune homme entêté de chimères, à qui tout déplaît, et qui s'est soustrait aux charges de la société pour se livrer à d'inutiles rêveries » (commentaire du père Souël).

5. Lecture critique

Jean-Pierre Richard, *Paysage de Chateaubriand*, Paris, Seuil, 1967.

N°18. CONSTANT, *ADOLPHE* (1816)

1. Argument

A Göttingen, en Allemagne, vers la fin du XVIIIᵉ siècle, Adolphe, jeune aristocrate de vingt-deux ans, a séduit, par vanité et désœuvrement, Ellénore, une femme de dix ans son aînée. La jeune femme, d'abord réticente, s'attache progressivement à Adolphe au point de quitter son amant en titre, le Comte de P..., dont elle a deux enfants, et de mettre en jeu sa réputation. Son amour se fait peu à peu possessif, exclusif, et s'accorde mal aux sentiments tièdes du jeune homme qui, bientôt, songe à rompre. Mais il est retenu par un composé de fidélité et de pitié, rendant, par ses velléités, la liaison orageuse, ponctuée de scènes, de déchirements. Après diverses péripéties, Adolphe, sous l'influence d'un ami de son père, le baron de T..., se décide à quitter Ellénore – sans avoir le courage d'informer directement la jeune femme. Quand celle-ci apprend la nouvelle, elle s'abandonne à la mort, laissant Adolphe à ses regrets et à son amertume.

2. Thèmes

● **Un héros romantique.** Comme les héros de Chateaubriand ou de Musset, celui de Constant est un être « distrait, inattentif, ennuyé » pour qui l'amour est un dérivatif. Victime du « mal du siècle », Adolphe, sans toujours le vouloir, provoque le malheur autour de lui.

● **La passion amoureuse.** Face à ce héros velléitaire et tourmenté, tenté par le libertinage amoureux, Ellénore représente la passion absolue, vécue dans le sacrifice et achevée, douloureusement, par la mort.

3. Intérêt littéraire

● **Le roman personnel.** *Adolphe* est écrit à la première personne et se présente comme une vaste confession du héros éponyme qui se livre, avec complaisance, à un lent travail d'introspection. Le livre marque une date importante dans l'histoire du roman d'analyse.

● **Le refus de l'autobiographie.** On n'a pas manqué de rapprocher cette fiction de la propre liaison de Benjamin Constant avec Germaine de Staël. Pour prendre ses distances avec l'autobiographie, l'auteur achève son roman par une « Lettre à l'éditeur » et sa « Réponse » qui, ajoutées à l'« Avis » en tête du livre, présentent cette histoire comme le récit d'une anecdote étrangère destinée à illustrer les méfaits de l'amour.

4. Phrases

« Tourmenté d'une émotion vague, je veux être aimé, me disais-je, et je regardais autour de moi » (chap. II).
« La grande question dans la vie, c'est la douleur que l'on cause, et la métaphysique la plus ingénieuse ne justifie pas l'homme qui a déchiré le cœur qui l'aimait » (réponse à l'éditeur).

5. Lecture critique

Michel Charles, « *Adolphe* ou l'inconstance », in *Rhétorique de la lecture*, Paris, Seuil, 1979.

────────────────

N°19. STENDHAL, *LE ROUGE ET LE NOIR* (1831)

1. Argument

Le fils d'un modeste artisan du Doubs, cultivé et intelligent, Julien Sorel, rêve d'un destin élevé, à l'image de celui de Napoléon qu'il idolâtre. Dans la France conservatrice de la Restauration, l'état ecclésiastique sera le meilleur tremplin de son ambition. Devenu précepteur des enfants du maire de Verrières, Monsieur de Rênal, il séduit son épouse et provoque un scandale. Il se réfugie au séminaire de Besançon où son zèle et son hypocrisie lui valent de beaux succès, au point d'être choisi comme secrétaire par le Marquis de la Mole. Julien se retrouve à Paris, dans les milieux aristocratiques et va atteindre son but en épousant la fille du marquis, la fougueuse Mathilde. Avant de consentir, M. de la Mole, informé par Mme de Rênal, démasque l'intrigant. Pour se venger, Julien retourne à Verrières et tente, dans l'église, de tuer sa première maîtresse. Arrêté, il provoque ses juges et sera conduit à l'échafaud. Avant de mourir, il se rapproche de Mme de Rênal qui a pardonné et qui ne lui survivra pas.

2. Thèmes

● **Un personnage romantique.** Julien est un être exceptionnel, une âme énergique animée de *virtù* (courage, virilité) et s'oppose aux médiocrités religieuses, politiques ou sociales. Il rejoint la lignée des héros romantiques poursuivis par une fatalité contraire.

● **La satire sociale.** Cette « Chronique de 1830 » (sous-titre du roman) permet à Stendhal de stigmatiser l'hypocrisie des mœurs de son temps. Le livre – inspiré d'un fait divers – peut se lire comme un réquisitoire.

3. Intérêt littéraire

● **Un roman d'apprentissage.** *Le Rouge et le Noir* illustre une structure très prisée par les romanciers du XIXe siècle : la formation d'un personnage à travers diverses épreuves. L'originalité de Stendhal est que l'initiation de son héros débouche sur l'échec et… la mort.

● **Un romancier désinvolte.** Stendhal, boudé par les lecteurs de son temps, cultive un style précis, sec (proche du « code civil », disait-il), qui n'interdit pourtant ni le lyrisme ni l'ironie. Ses intrusions dans le récit attestent son « égotisme » (intérêt démesuré pour le moi).

4. Phrases

« Il décida qu'il fallait absolument qu'elle permît ce soir-là que sa main restât dans la sienne » (I, chap. IX).

« Que de cardinaux nés plus bas que moi et qui ont gouverné » (II, chap. XIII).

5. Lecture critique

Georges Blin, *Stendhal et les Problèmes du roman*, Paris, Corti, nouv. éd. 1997.

———————————

N° 20. BALZAC,
LE PÈRE GORIOT (1835)

XIX

1. Argument

L'action se noue dans le cadre de la pension de famille tenue à Paris par Mme Vauquer. Parmi les pensionnaires : Eugène de Rastignac, jeune provincial venu étudier le droit dans la capitale, Vautrin, quadragénaire inquiétant, le vieillard Goriot, ancien fabricant de vermicelles, la jeune et fragile Victorine Taillefer, secrètement amoureuse de Rastignac. Mais celui-ci a des visées plus ambitieuses qu'il compte satisfaire avec l'appui de sa cousine, la brillante Mme de Beauséant qui l'introduit dans les salons. Là, il apprend le secret de Goriot : ses deux filles l'ont renié pour faire des mariages avantageux, l'une, Anastasie, avec un banquier, le baron de Nucingen, l'autre, Delphine, avec le comte de Restaud. C'est par Delphine, conseille Mme de Beauséant, que le jeune étudiant pourra faire fortune. Parallèlement, Vautrin offre à Rastignac une autre piste pour arriver : épouser Victorine Taillefer, qui, par la mort de son frère – qui pourrait être tué en duel –, deviendra une riche héritière. Le plan se réalise mais Vautrin, en réalité Jacques Colin, un ancien forçat surnommé Trompe-la-mort, est arrêté. De leur côté, Anastasie et Delphine soutirent son dernier argent au père Goriot gravement malade. Alors que le vieillard agonise, les deux jeunes femmes se rendent au bal donné par Mme de Beauséant et qui marque leur entrée dans le monde. Goriot meurt seul, simplement accompagné au cimetière par Rastignac et son ami Bianchon.

2. Thèmes

● **Paris.** La capitale est restituée ici dans sa réalité topographique (avec les différences entre l'aristocratie du Faubourg Saint-Germain, la bourgeoisie aisée de la Chaussée d'Antin et la jeunesse désargentée du Quartier latin) autant que dans sa dimension mythologique (les séductions, les dangers, les rencontres, les affrontements sociologiques...).

● **La paternité.** Une réelle mystique de la paternité se révèle à travers le personnage de Goriot, victime de sa passion de père, donnant sa vie pour ses filles, sans recevoir, en contrepartie, le moindre signe d'affection. La relation entre Vautrin et Rastignac reproduit, en mineur et en noir, ce lien de paternité.

3. Intérêt littéraire

...vre central de *La Comédie humaine.* C'est à partir de ce livre que Balzac a conçu l'idée de faire reparaître les mêmes personnages d'un roman à l'autre. La présence de Rastignac, de Vautrin, de Nucingen, de Bianchon, de Mme de Beauséant dans d'autres ouvrages, assure l'unité de cette grande fresque sociale.

● **Le roman d'apprentissage.** Les dernières phrases du livre montrent clairement le cheminement d'Eugène : arrivé ignorant de sa province, il passera par différentes épreuves et séductions pour devenir l'homme mûr capable de se donner les moyens de son ambition.

4. Phrases

« Il lança sur cette ruche bourdonnante un regard qui semblait par avance en pomper le miel, et dit ces mots grandioses : A nous deux maintenant » (Rastignac s'adressant à Paris ; dernière phrase).

5. Lecture critique

Pierre Barbéris, *Le Père Goriot*, Paris, Larousse, « Thèmes et textes », 1970.

———————————————

N°21. BALZAC,
LE LYS DANS LA VALLÉE (1836)

1. Argument

Félix de Vandenesse livre, dans une lettre, son passé à sa fiancée, la comtesse Natalie de Manerville. Élevé de manière rude et sèche, Félix est, à plus de vingt ans, un adolescent sensible et chétif. Au printemps 1814, au cours d'un bal à Tours, il est placé à côté d'une belle femme dont il admire les épaules nues – osant même y déposer un fougueux baiser. Quelques jours plus tard, il retrouve, par hasard, cette fascinante inconnue : il s'agit de Mme de Mortsauf, de sept ans son aînée, mariée à un ancien émigré malade et aigri, et mère de deux enfants. Félix devient vite un familier de Clochegourde, le château où vit celle qu'il appelle Henriette et qui est pour lui « le lys de cette vallée » (de l'Indre). Mais son amour insistant pour la jeune femme se heurte à une inflexible droiture qui lui répond par une simple affection maternelle. Devenu, avec la première Restauration, un personnage important, Félix se lie avec une jeune et ardente Anglaise, Lady Dudley, qui lui apportera les plaisirs de la chair. Mais

Mme de Mortsauf, informée de l'aventure, ne supporte pas le partage et tombe gravement malade. Félix accourt pour assister à sa mort et apprendre, par une lettre posthume, le combat qu'Henriette a dû mener pour lutter contre son penchant pour lui. Irritée des velléités de son compagnon, Lady Dudley le congédie. De la même façon, Natalie de Manerville, refusant de rivaliser avec deux fantômes, rend à Félix sa liberté.

2. Thèmes

● **Amour et vertu.** Ce livre illustre le combat que se livrent la passion amoureuse et le devoir conjugal. Balzac, au rebours des modes, ressuscite les valeurs de chasteté héritées de la tradition courtoise et de l'idéalisme chrétien.

● **Une éducation sentimentale.** Comme de nombreux romans de l'époque, *Le Lys dans la vallée* se propose de décrire l'initiation amoureuse d'un adolescent. Partagé entre Henriette et Arabelle (Lady Dudley), Félix fait le douloureux apprentissage du cœur et du corps.

3. Intérêt littéraire

● **Une construction originale.** Le roman se compose de deux lettres, l'une très longue, qui occupe presque tout le livre et qui constitue la confession de Félix ; l'autre, de quelques pages, est la réponse de Natalie. La variation des points de vue et l'effet de mise en abyme confèrent au livre sa saveur particulière.

● **Une confidence poétique.** Dans ce livre, Balzac évoque ses propres souvenirs d'adolescent auprès de Mme de Berny, son initiatrice, et exalte les charmes de sa Touraine natale. Pour l'âme romantique, la pureté des sentiments doit s'accorder avec la beauté des lieux.

4. Phrases

« *Si cette femme, la fleur de son sexe, habite un lieu dans le monde, ce lieu, le voici.* »

« *Elle (Lady Dudley) était la maîtresse du corps. Mme de Mortsauf était l'épouse de l'âme.* »

5. Lecture critique

Jacques Borel, « *Le Lys dans la vallée* » *et les Sources profondes de la création balzacienne*, Paris, A. Colin, 1961.

41

XIX

MUSSET, *LA CONFESSION D'UN ENFANT DU SIÈCLE* (1836)

1. Argument

Après de longues considérations sur l'époque post-napoléonienne et les désarrois d'une génération en mal d'idéal, Octave, le narrateur, entame le récit de sa douloureuse expérience sentimentale. Victime, à dix-neuf ans, d'une première trahison amoureuse, le héros, sur les conseils de son ami Desgenais, se réfugie dans la débauche. La mort de son père sera pour Octave l'occasion de se ressaisir : il retrouve la pureté perdue et choisit de se retirer à la campagne. Là, il rencontre Brigitte Pierson qui semble le réconcilier avec l'amour. Mais les blessures du passé ne sont pas refermées. Après quelques mois de bonheur, Octave devient irascible, soupçonneux, jaloux, notamment de Smith, un ami. Il fait avorter un projet de voyage puis songe à tuer sa maîtresse. Revenu de tout, le jeune homme rompt et pousse Brigitte à épouser Smith.

2. Thèmes

● **Le double.** Octave est un peu le double de Musset (le héros des *Caprices de Marianne* porte le même prénom) ; Smith est un peu le double d'Octave ; Octave lui-même, enfin, perçoit en lui deux natures contradictoires, l'une bonne, l'autre mauvaise. Le thème du dédoublement et/ou de l'autoscopie est récurrent chez Musset.

● **L'amour comme souffrance.** Une des « maladies » du siècle, c'est l'amour, par quoi le héros romantique souhaite échapper à l'ennui et au désenchantement. Malheureusement, la femme est traîtresse, l'homme est naïf ou indigne et la passion est vouée à l'échec.

● **Une génération sacrifiée.** Les malheurs du héros trouvent leur source dans le contexte historique, celui d'un « monde en ruine » qui, après la gloire de l'ère napoléonienne, sombre dans le désœuvrement et les excès. La déception de la politique jointe à la déception de l'amour est à l'origine de la « désespérance » romantique.

3. Intérêt littéraire

● **La dimension autobiographique.** De nombreuses correspondances permettent de voir dans ce récit la transposition des amours tourmentées entre Musset et George Sand et, en particulier, le « drame de Venise ». D'autres détails (la mort du père,

l'idylle dans la forêt de Fontainebleau) justifient le mot du titre
« confession » – qu'il faut prendre aussi dans son sens d'auto-
accusation.

4. Phrases

*« Pour écrire l'histoire de sa vie, il faut avoir vécu ; aussi n'est-ce
pas la mienne que j'écris »* (I, 1 incipit).
« Alors il s'assit sur un monde en ruine une jeunesse soucieuse... »
(I, 2).
*« Meure ma jeunesse, meurent mes souvenirs, meurent les soucis
et les regrets ! Ô ma bonne maîtresse ! tu as fait un homme d'un
enfant »* (V, 1).

5. Lecture critique

Paul Bénichou, *L'École du désenchantement*, Paris, Gallimard,
1992.

N°23. STENDHAL,
LA CHARTREUSE DE PARME
(1839)

1. Argument

Fabrice del Dongo est le fils cadet d'un aristocrate lombard.
Après une éducation protégée à Grianta, près du lac de Côme, le
jeune homme, avide d'exploits, rejoint Napoléon, et assiste, sans
trop comprendre, à la bataille de Waterloo. Rentré chez lui, il se
rapproche de sa tante Gina Sanseverina qui l'aime et qui se servira de sa liaison avec le puissant Mosca pour servir la carrière de
son neveu. Mais celui-ci indispose le prince régnant, séduit une
actrice et tue en duel un rival. Emprisonné à la citadelle de Parme,
il a le plaisir d'observer Clélia, la fille de son geôlier. Un amour à
distance se lie pendant que la Sanseverina songe à faire évader le
prisonnier. Mais afin de retrouver Clélia, Fabrice retourne en prison où il échappe de peu à l'empoisonnement, finit de conquérir
Clélia avant d'être finalement libéré sur l'intervention de sa tante
qui a cédé au prince. Une fois libre, le jeune homme devient pré-
dicateur, Gina épouse Mosca et s'éloigne. Clélia, elle-même
mariée de force, revoit son amant, lui donne un enfant qui meurt
et, bourrelée de remords, ne survit pas. Fabrice se retire à la
Chartreuse de Parme où il mourra peu après.

2. Thèmes

● **L'Italie.** Stendhal, qui se rêvait une ascendance italienne, qui a vécu une grande partie de sa vie dans la péninsule, nourrit une grande passion pour ce pays où il place l'action de nombreux de ses livres. L'« italianité » de *La Chartreuse* se perçoit dans les lieux, dans les actions, dans les caractères (la *virtù*).

● **Histoire et politique.** Comme *Le Rouge et le Noir* était la « Chronique de 1830 », *La Chartreuse de Parme* pourrait être la « Chronique de la Restauration » – mais transposée en Italie. En s'appuyant sur des documents historiques (la dynastie Farnèse), Stendhal décrit les combats politiques entre libéraux, nostalgiques de l'Empereur, et les conservateurs, résignés à la tutelle autrichienne.

● **La chasse au bonheur.** Comme tous les romans de Stendhal, *La Chartreuse* met en scène un jeune homme qui accomplit sa formation en vue d'atteindre le bonheur. Mais ce sont précisément les épreuves (guerre, duel, prison, amours contrariées…) qui procurent à Fabrice cette intense sensation de vie.

3. Intérêt littéraire

● **Un roman atypique.** Balzac faisait l'éloge du roman mais critiquait sa construction. Et il est vrai que le livre (écrit très vite) souffre de désordre, de déséquilibre, de maladresses. Cette liberté (« un roman picaresque poétique » disait Bardèche) ne l'empêche pas de séduire les « happy few » – à qui il est adressé.

● **La présence du narrateur.** Par des commentaires, des réflexions, des ellipses désinvoltes, le narrateur (souvent confondu avec l'auteur) intervient dans le déroulement romanesque, introduisant une dimension ironique.

4. Phrases

« Ah ! m'y voilà donc enfin au feu, se dit-il. J'ai vu le feu ! se répétait-il avec satisfaction. Me voici un vrai militaire » (I, 3).
« Entre ici, ami de mon cœur » (Clélia, II, 28).

5. Lecture critique

Gilbert Durand, *Le Décor mythique de « La Chartreuse de Parme »*, Paris, Corti, 1961.

———————————

N°24. GEORGE SAND, *LA MARE AU DIABLE* (1846)

1. Argument

Après un préambule de deux chapitres dans lesquels l'auteur décrit une scène de labour et expose son projet de « roman bucolique », nous est racontée l'histoire de Germain, le « fin laboureur ». Celui-ci, resté veuf avec trois enfants, consent, pour complaire à son beau-père, à « reprendre femme ». Il part donc pour un village voisin où l'attend sa future, emmenant avec lui Pierre, son fils aîné, et Marie, une fille pauvre du voisinage qui va se placer dans les environs. Ils s'égarent autour de la « mare au diable » et passent la nuit à converser sous les chênes en ce lieu enchanté. Le lendemain, Germain repoussera sa promise – une coquette peu engageante – et révélera son attachement pour la petite Marie qui, après bien des hésitations (car elle se sait trop pauvre), accepte le mariage. L'appendice nous décrit les préparatifs de la noce.

2. Thèmes

● **La vie rurale.** Le roman nous restitue avec précision et fidélité les réalités de la vie quotidienne à la campagne : les paysages, les travaux de la terre, les comportements, le langage. On a pu qualifier *La Mare au diable* d'« ethnotexte ».

● **Le bonheur dans la simplicité.** Les sentiments sont purs, les caractères sont simples, les besoins limités ; dans sa naïveté, ce roman qui s'achève sur une note optimiste, montre avec émotion un bonheur conquis dans la vertu et l'innocence.

3. Intérêt littéraire

● **Le roman champêtre.** L'auteur avoue elle-même sa dette à l'égard de Virgile qu'elle cite : « Ô heureux l'homme des champs, s'il connaissait son bonheur » (*Les Géorgiques*). Le roman constitue le premier volet d'une trilogie qui avec *La Petite Fadette* (1849) et *François le Champi* (1850) devait s'appeler *Veillées du Chanvreur*.

● **Le roman idéaliste.** Au même titre que les autres œuvres de George Sand, *La Mare au diable* illustre un idéal de fraternité et de générosité porteur d'un message moral et humanitaire.

4. Phrases

« Nous voyons que la mission de l'art est une mission de sentiment et d'amour, que le roman d'aujourd'hui devrait remplacer la parabole et l'apologue des temps naïfs » (I).

n côté, l'homme de travail est trop accablé, trop malheu-
trop effrayé de l'avenir, pour jouir de la beauté de la
campagne et des charmes de la vie rustique » (II).

5. Lecture critique

« Colloque George Sand », *Revue d'histoire littéraire de la France*, Paris, juil.-août 1976.

N° 25. FLAUBERT,
MADAME BOVARY (1857)

1. Argument

Emma Rouault, fille d'un riche paysan normand, a accepté d'épouser Charles Bovary, officier de santé sans ambition ni talent. Très vite la jeune femme, nourrie de lectures romanesques et de rêves aristocratiques (qu'elle croit vivre lors d'un bal mythique au château de la Vaubyessard), souhaite échapper aux médiocrités de la vie conjugale. A Yonville-l'Abbaye, où le couple a emménagé, Emma cherche des distractions auprès de Léon, un clerc de notaire falot, puis de Rodolphe Boulanger, bellâtre pseudo-romantique dont elle devient la maîtresse. Alors que Charles est guidé professionnellement par l'apothicaire Homais, bourgeois épais, Emma, vite abandonnée par Rodolphe, renoue avec Léon qu'elle va retrouver chaque semaine à Rouen. Entraînée dans des dépenses inconsidérées, la jeune femme, pour échapper à la ruine et au déshonneur, dérobe de l'arsenic chez Homais et s'empoisonne. Charles meurt peu après, Homais triomphe.

2. Thèmes

● **La médiocrité provinciale.** Que ce soit à Toste (village de Charles) ou à Yonville, les activités, les mœurs, les psychologies sont marquées par la sottise et la prétention. Ce monde petit-bourgeois, qui rêve d'ascension sociale, se révèle mesquin, calculateur, hypocrite. Homais en est l'incarnation.

● **Le « bovarysme ».** Le mot résume un état pathologique, celui d'Emma, en qui se retrouvent, poussés jusqu'à la caricature, certains traits du Romantisme : tendance à la rêverie, goût pour les aventures romanesques, refuge dans l'illusion sentimentale, refus du quotidien.

3. Intérêt littéraire

● **Le roman de la tentation.** Cette femme adultère qui cherche à satisfaire ses désirs a choqué les censeurs du Second-Empire. Accusé « d'outrage à la morale publique et religieuse et aux bonnes mœurs », Flaubert fut traîné en justice pour avoir osé bâtir un roman autour de l'appel de la sensualité.

● **L'art du récit.** Présenté parfois comme le chef-d'œuvre du réalisme (à cause de descriptions scrupuleuses), ce roman frappe surtout par la rigueur de sa facture : détails significatifs, scènes évocatrices, personnages symboliques. Pour avoir mis beaucoup de son génie dans son livre, Flaubert pouvait déclarer : « Madame Bovary, c'est moi. »

4. Phrases

« Elle aurait voulu vivre dans quelque vieux manoir, comme ces châtelaines au long corsage... »

« Il (Homais) fait une clientèle d'enfer, l'autorité le ménage et l'opinion publique le protège. Il vient d'être décoré. »

5. Lecture critique

Pierre-Louis Rey, « *Madame Bovary* », Foliothèque, Paris, Gallimard, 1996.

N°26. HUGO, *LES MISÉRABLES* (1862)

1. Argument

Jean Valjean, après avoir passé près de vingt ans au bagne de Toulon pour le vol d'un pain, est hébergé, pendant son retour vers Paris, par Monseigneur Myriel, évêque de Digne. Le prélat, par sa bienveillance et sa générosité, va ouvrir au forçat la voie du bien et de la rédemption. Nous retrouvons l'ancien bagnard cinq ans plus tard, devenu, sous le nom de Monsieur Madeleine, maire et bienfaiteur de Montreuil-sur-Mer. Ainsi vient-il au secours de Fantine, une jeune fille séduite dont l'enfant, la petite Cosette, est confiée à des cabaretiers cupides, les Thénardier. Mais la vraie identité de Monsieur Madeleine est découverte par le policier Javert qui pourchasse Jean Valjean, auteur d'un vol au retour de Toulon. Pour éviter de voir condamner un innocent, l'ancien forçat se livre à la justice et retourne au bagne. Il s'évade et vient, la nuit de Noël, enlever Cosette aux Thénardier comme il l'avait promis à sa mère, morte de misère. La suite du roman, plusieurs années plus tard, introduit le personnage de Marius, étudiant bonapartiste et socialiste, qui est épris de Cosette. L'idylle se noue, contrariée par les événements politiques et notamment les émeutes de Juin 1832. Sur les barricades, s'illustrent le petit Gavroche qui est tué et Marius victime d'une grave blessure. Jean Valjean sauve le jeune homme, le soigne et l'encourage à épouser Cosette. Mais peu de temps après le mariage les jeunes gens se détournent de leur bienfaiteur qui a révélé son passé de forçat. Il faudra la confession de Thénardier pour que Cosette et Marius reconnaissent la grandeur morale de Valjean et lui rendent justice sur son lit de mort.

2. Thèmes

● **L'hymne au peuple.** Le véritable héros du roman est le peuple de Paris dont les conditions de vie et de travail avilissantes sont dénoncées, alors que sont exaltées ses qualités morales, étouffées par une société inégalitaire.

● **Le témoignage historique.** Sans négliger l'intrigue romanesque, Hugo tient à témoigner sur son époque à travers, en particulier, deux événements historiques : la bataille de Waterloo, les barricades de Juin 1832, à l'occasion des funérailles du général Lamarque.

● **Un héros mythique.** Jean Valjean, injustement puni et poursuivi, est l'image du pauvre persécuté, tenté un moment par le mal et qui, grâce à une rencontre providentielle, va consacrer sa vie au bien. Son idéal de bonté doit ouvrir la voie à une ère de progrès et de fraternité pour laquelle il donne sa vie.

3. Intérêt littéraire

● **Un sommet de la littérature.** Avec ce roman d'un format exceptionnel, Hugo nous livre son œuvre la plus ambitieuse et la plus représentative de ses convictions républicaines. Commencé en 1845, le livre ne sera achevé qu'en 1862 après l'expérience de l'exil.

● **Un univers manichéen.** Cette vaste fresque n'est dépourvue ni d'enflure ni de schématisme. Soucieux de convaincre et de toucher, le romancier accumule les invraisemblances et les naïvetés déclamatoires – sans que la force romanesque en souffre.

4. Phrases

« *Âmes tombées au fond de l'infortune possible, malheureux hommes perdus au plus bas de ces limbes où l'on ne regarde plus, les réprouvés de la loi sentent peser de tout son poids sur leur tête cette société inhumaine* » (I, 2, 7).

*« Les grands périls ont cela de beau qu'ils mettent en lumière la
fraternité des inconnus »* (IV, 12, 4).
« Cette petite grande âme venait de s'envoler » (V, 5, 15).

5. Lecture critique

Victor Brombert, *Victor Hugo et le Roman visionnaire*, Paris,
P.U.F., 1985.

N° 27. FLAUBERT,
L'ÉDUCATION SENTIMENTALE (1869)

1. Argument

Fasciné par Marie Arnoux qu'il rencontre sur un bateau,
Frédéric Moreau, jeune bachelier de 18 ans, souhaite la revoir au
plus tôt. A Paris, où il fait son droit avec son ami Deslauriers, il
partage la vie de jeunes gens contestataires, est introduit auprès
de M. Dambreuse, un député, se rapproche enfin des Arnoux.
Mais des revers de fortune l'éloignent de celle qu'il aime. Il passe
deux années à Nogent puis, grâce à un héritage, revient vivre à
Paris. Là, avec beaucoup de maladresse, il essaie de conquérir
Mme Arnoux, qui se refuse. Frédéric songe alors à épouser
Louise Roque, une héritière de Nogent, puis, déçu par un dernier rendez-vous manqué avec Marie, devient l'amant d'une
courtisane, Rosanette. Ce jour même éclate la révolution de
1848 à laquelle Frédéric participe timidement, préférant vivre
avec Rosanette – dont il aura un enfant – puis devenir l'amant de
Mme Dambreuse. Enfin le coup d'État de 1851, au cours duquel
un de ses amis est assassiné par un autre, finira de le détourner
de la politique. Seize ans plus tard, Marie Arnoux, vieillie, lui
rend visite une dernière fois. Au dernier chapitre, Frédéric et
Deslauriers tirent le bilan de leurs vies.

2. Thèmes

● **Chronique d'une génération médiocre.** Flaubert avait pensé
intituler son roman « Fruits secs », voulant signaler par là l'impuissance et la stérilité de ses personnages : le principal, Frédéric,
incapable d'un choix tranché, les secondaires : quatre femmes
(Marie, la bourgeoise prude, Rosanette, la grisette délurée,
Mme Dambreuse, la mondaine perverse, Louise, la jeune paysanne); les hommes (Arnoux, l'affairiste véreux, Deslauriers,
l'ambitieux calculateur, Dussardier, le naïf, Sénécal, le fanatique,
Hussonnet, l'utopiste...).

● **Le témoignage historique.** Le roman, qui couvre près de trente ans, s'articule autour de quelques événements forts comme le 24 février 1848 et le 2 décembre 1851. La perspective historique est relayée par les débats politiques où Flaubert, sans illusions, associe dans une même condamnation les chimères révolutionnaires et les nostalgies conservatrices.

● **L'histoire d'un raté.** Frédéric Moreau, qui, en apparence, illustre le motif connu du jeune homme venu faire fortune à Paris, présente tous les caractères de l'« anti-héros ». Velléitaire, lâche, rêveur, vaniteux, il accumule les échecs ou se contente de succès faciles. Son « éducation sentimentale » elle-même (soulignée ironiquement par le titre) n'aboutit pas, butant sur cette maladive passion insatisfaite.

3. Intérêt littéraire

● **Le roman d'une vie.** La biographie de Flaubert nous signale que Mme Arnoux a eu un modèle dans la réalité : Elisa Schlésinger que le jeune Gustave, âgé de 15 ans, rencontre sur une plage de Trouville. A travers diverses tentatives littéraires (*Mémoires d'un fou*, 1838 ; *Novembre*, 1842 ; « première » *Éducation sentimentale*, 1845), le romancier a brodé autour de ce thème avant de lui donner sa forme achevée en 1869.

● **Un roman moderne.** A sa parution, *L'Éducation sentimentale* fut mal accueillie par la critique et le public, désorientés par cette épopée de l'échec. Notre époque, mieux préparée aux thèmes de la désillusion, du désenchantement et de l'usure du temps, a mieux compris le livre dont elle reconnaît la modernité.

4. Phrases

« Ce fut comme une apparition : elle était assise, au milieu du banc, toute seule, ou du moins il ne distingua personne, dans l'éblouissement que lui envoyèrent ses yeux » (I, 1).

« C'est là ce que nous avons eu de meilleur ! dit Frédéric. – Oui peut-être bien ? C'est là ce que nous avons eu de meilleur ! dit Deslauriers » (III, 7).

5. Lecture critique

Histoire et langage dans « L'Éducation sentimentale » de G. Flaubert, Société des études romantiques, Paris, SEDES, 1981.

N°28. ZOLA, *L'ASSOMMOIR* (1877)

1. Argument

A Paris, dans le quartier de la Goutte-d'or où elle vit, Gervaise, une blanchisseuse, travailleuse et jolie, vient d'être quittée par Lantier dont elle a deux enfants, Claude et Étienne. Peu après, elle se lie avec Coupeau, ouvrier zingueur, qu'elle accepte finalement d'épouser. Après quatre années de relatif bonheur et la naissance d'une fille, Nana, Gervaise pense à s'installer à son compte – au moment où Coupeau tombe d'un toit et se blesse. La maladie et la convalescence transforment le zingueur, qui devient paresseux, aigri et un habitué de l'« assommoir », le cabaret du père Colombe. Pourtant Gervaise, grâce à un prêt, ouvre sa boutique et espère la réussite, ce qui très vite se démentira, la blanchisseuse elle-même s'abandonnant, par contagion, à la paresse, la gourmandise et l'infidélité. Là-dessus Lantier réapparaît, s'installe au foyer et encourage Coupeau à la débauche. L'argent venant à manquer, on vend la boutique, on s'endette, alors que Coupeau, de plus en plus alcoolique, est hospitalisé à Sainte-Anne. Progressivement les séjours à l'hôpital se font plus fréquents, la vie devient intenable et Nana, âgée de treize ans, quitte la maison. Coupeau finira par mourir dans une crise de *delirium tremens* et Gervaise, réduite à la mendicité, disparaît peu après.

2. Thèmes

● **Le monde ouvrier.** En rupture avec la tradition littéraire qui se consacre prioritairement aux milieux privilégiés, Zola souhaite écrire « le premier roman sur le peuple » (préface). Les ouvriers sont montrés au naturel dans leur décor (des logements insalubres, un quartier sinistre), leur travail (des métiers abrutissants, sans garantie), leurs mœurs (illettrisme, débauche, alcoolisme). De cette peinture « absolument exacte » devraient se dégager un réquisitoire et une morale.

● **Un destin de femme.** Tout le roman est centré sur la personnalité de Gervaise, femme attachante et sensible qui court après un rêve de bonheur bourgeois. Mais son hérédité, un milieu défavorable, une société féroce, des influences néfastes la feront glisser inéluctablement vers la déchéance.

3. Intérêt littéraire

● **Un succès de scandale.** La parution du livre, en 1877, choqua la société bien-pensante, sans séduire les progressistes déçus d'une peinture aussi négative du monde ouvrier. Ce succès de scandale devait valoir à Zola la gloire, la fortune, mais également une sulfureuse réputation.

● **Le naturalisme.** *L'Assommoir* est une application de la théorie naturaliste élaborée par Zola et qui prolonge le réalisme. Pour réaliser son livre, le romancier se fait enquêteur, puis s'appuie sur des données scientifiques et, sans négliger la dimension artistique, devient le greffier du monde.

4. Phrases

« *C'est une œuvre de vérité, le premier roman sur le peuple qui ne mente pas et qui ait l'odeur du peuple* » (préface).

« *Elle* [Gervaise] *se tourna, elle aperçut l'alambic, la machine à soûler, fonctionnant sous le vitrage de l'étroite cour, avec la trépidation profonde de sa cuisine d'enfer* » (chap. II).

5. Lecture critique

Jacques Dubois, « *L'Assommoir* » *de Zola, société, discours, idéologie*, Paris, Larousse, coll. « Thèmes et textes », 1973.

N° 29. JULES VALLÈS, *L'ENFANT* (1878)

1. Argument

Sous le nom de Jacques Vingtras, le narrateur raconte ses souvenirs jusqu'à sa seizième année. Né au Puy d'une mère paysanne et d'un père aspirant professeur, Jacques se sent tiraillé entre l'appel de la ruralité – qu'on lui refuse – et les prétentions intellectuelles – qu'on lui impose. La narration suivra les étapes du parcours familial et personnel en province (Le Puy, Saint-Étienne, Nantes) et à Paris, fera alterner les moments d'épreuves (humiliations en famille ou à l'école) et les moments de plaisir (les vacances à la campagne, l'expérience de la liberté). Après de multiples épisodes tragi-comiques, le héros, devenu adolescent, découvre, à Paris, un idéal révolutionnaire, déclare vouloir « devenir ouvrier » et défendre « les droits de l'enfant » – avant de rompre avec sa famille. Sa vie de « bachelier » puis d'« insurgé » sera racontée dans les deux volumes suivants.

2. Thèmes

● **L'enfance.** Le titre annonce ce thème dominant développé à travers les motifs traditionnels : l'expérience de l'école, l'affrontement avec les parents, le contact avec la nature, l'éveil de la sensualité, les premières lectures, etc.

● **La mère.** Comme dans tous les récits d'enfance, la famille occupe une place privilégiée et tout spécialement la figure de la mère. Mme Vingtras, paysanne sans éducation mais non dépourvue de sentiment, élève son fils à coups de fouet et de sentences, ne parvenant à faire de lui qu'un petit animal révolté et ridicule.

3. Intérêt littéraire

● **Le roman autobiographique.** Les événements narrés ont beau être superposables à ceux de la vie de Vallès, *L'Enfant* n'est pas, à proprement parler, une autobiographie, puisque le « pacte » (Ph. Lejeune) qui identifie narrateur et acteur n'est pas respecté. La voix de l'adulte (marquée par l'ironie) se mêle à celle de l'enfant (faussement naïve) pour créer un registre original.

● **La lecture psychanalytique.** Depuis l'apparition du freudisme, on a pu déceler dans ce récit d'enfance traditionnel un certain nombre de significations cachées qui ajoutent à sa richesse : la bâtardise, la révolte contre le père, la scène primitive, la mère phallique, le désir de transgression...

4. Phrases

« A tous ceux qui crevèrent d'ennui au collège ou qu'on fit pleurer dans la famille, qui, pendant leur enfance, furent tyrannisés par leur maître ou rossés par leurs parents » (dédicace).

5. Lecture critique

Collectif, *Lectures de « L'Enfant » de Jules Vallès*, Paris, Klincksieck, 1991.

_____

N° 30. MAUPASSANT, *UNE VIE* (1883)

1. Argument

Au début du XIX° siècle, Jeanne, une jeune fille de dix-sept ans, issue d'une famille aristocratique normande, quitte le couvent pour rejoindre la propriété familiale des Peuples. Peu après, elle rencontre le vicomte Julien de Lamare qui, très vite, la demande en mariage. La noce accomplie, les époux partent pour leur lune de miel en Corse où Julien montre un tempérament indélicat, brutal et avare. Au retour, la vie conjugale de Jeanne s'avère morne et ennuyeuse, jusqu'à la naissance d'un fils, Paul, qui, paradoxalement, sépare un peu plus le couple. Julien, mari volage, met la servante Rosalie dans son lit, avant de nouer une aventure avec Gilberte de Fourville, l'épouse d'un hobereau local. Jeanne ferme les yeux sur les infidélités de son mari, se tourne vers la religion et se consacre à l'éducation de son fils, surnommé « Poulet ». Mais le Comte de Fourville, qui a surpris les amants, provoque, par jalousie, un accident où tous deux trouvent la mort. Devenue veuve, Jeanne reporte son affectivité maladive sur Poulet qui tourne mal, mène à Paris une vie dissolue et coûteuse. Bientôt la fortune familiale est dissipée ; les Peuples sont vendus et Jeanne, ruinée, repliée sur ses souvenirs, tourmentée par les frasques parisiennes de son fils, est recueillie par Rosalie. L'ancienne servante organise la nouvelle vie et, en ramenant auprès de Jeanne la fille de Paul, qui est mort, apporte, *in extremis*, une lueur d'espoir.

2. Thèmes

● **L'aliénation féminine.** L'histoire de Jeanne, racontée de son adolescence à sa vieillesse, est représentative de la condition de la femme au XIXᵉ siècle. Son éducation religieuse l'éloigne des vrais problèmes de la vie, développe en elle une sensibilité exacerbée, favorise le goût du rêve et le sens de la soumission. Elle passe insensiblement du statut de jeune fille protégée à celui de femme bafouée puis de mère irresponsable.

● **Le pessimisme.** Le regard que Maupassant pose sur ce monde est sans illusion : le couple est voué à l'échec, les valeurs aristocratiques sont dégradées, l'ordre social est soumis à la loi de l'argent, les individus sont essentiellement veules ou méchants. La nature, dans ses formes végétales ou animales, est peut-être le seul domaine qui ne déçoive pas.

3. Intérêt littéraire

● **Du réalisme au fantastique.** Ce roman, le premier que fait paraître Maupassant, récupère l'héritage culturel légué par Flaubert, son père spirituel. Mais la peinture scrupuleuse et parfois crue ou macabre des réalités de la vie est corrigée par la présence de signes symboliques qui dépassent l'esthétique réaliste et donnent à l'ouvrage une teneur fantastique.

4. Phrases

« Alors elle s'aperçut qu'elle n'avait plus rien à faire, plus jamais rien à faire » (VI).

« *La vie, voyez-vous, ça n'est jamais si bon ni si mauvais q.
croit* » (XIV).

5. Lecture critique

Charles Castella, *Structures romanesques et vision sociale chez
Maupassant*, Lausanne, L'Age d'homme, 1972.

N° 31. HUYSMANS, *À REBOURS* (1884)

1. Argument

Jean de Floressas Des Esseintes, dernier descendant d'une
illustre famille, las de promener son ennui et sa décadence dans
la vie dissolue de la capitale, décide de se retirer à la campagne.
Il s'installe dans une maison de Fontenay-aux-Roses qu'il transforme en thébaïde où il pourra satisfaire son goût du bizarre et
du raffiné. Le décor de cette étrange retraite est aussi extravagant
que les activités de son hôte : les pièces sont tapissées d'étoffes
luxueuses, décorées de meubles surchargés – mais la chambre
de l'esthète est particulièrement dépouillée. Pour meubler son
spleen, Des Esseintes fait incruster de pierreries la carapace
d'une tortue, invente un orgue à liqueurs, s'abîme dans la
contemplation de tableaux tourmentés (ceux de Gustave
Moreau), dans la lecture d'auteurs marginaux (les écrivains de la
décadence latine, les « poètes maudits »), recompose des fleurs
artificielles, s'enivre de parfums rares... Cette vie « à rebours » de
la nature dérègle l'esprit du solitaire et le conduit au délire. Son
médecin lui conseille le retour à la vie normale ; Des Esseintes
s'y refuse et pense trouver le salut dans la foi.

2. Thèmes

● **Le refus de la nature.** Contre le naturalisme auquel il a un
moment adhéré mais conformément à Baudelaire, le maître,
Huysmans semble ici rejeter la nature au profit de l'artificiel –
parent de l'art et de la mystique.
● **La révolte.** Des Esseintes, marqué par son atavisme, est un
excentrique raffiné, un dandy qui derrière ses extravagances
cache une soif d'absolu et un fort sentiment de révolte.

3. Intérêt littéraire

● **L'étude d'une névrose.** Il n'y a pas à proprement parler d'intrigue romanesque dans ce livre dont la construction épouse le
classement de la maison du héros et de ses activités, et dont

l'écriture se ramène à une vaste méditation sur des choix personnels.

● **La décadence.** *A Rebours* est considéré comme la bible d'un mouvement esthétique qui s'est développé à la fin du XIXᵉ siècle, le décadentisme. Cette tendance reprend et prolonge l'ennui romantique et prépare la littérature de l'échec de notre époque.

4. Phrases

« *Tel qu'un ermite, il était mûr pour l'isolement, harassé de la vie, n'attendant plus rien d'elle* » (V).

« *De toutes les formes de la littérature, celle du poème en prose était la forme préférée de Des Esseintes* » (XIV).

5. Lecture critique

François Livi, « *A Rebours* » *et l'Esprit décadent*, Paris, Nizet, 1972.

───────────────

N°32. ZOLA, GERMINAL (1885)

1. Argument

Venant de Lille, le « machineur » Étienne Lantier (cf. *L'Assommoir*) vient se faire embaucher à la mine du Voreux à Montsou. Il est aidé dans son installation par les Maheux, une famille de mineurs dont il remarque la fille, Catherine. Très vite, Étienne s'intègre au monde de la mine et s'efforce d'éveiller la conscience politique de ses camarades de travail, exploités par une Compagnie intraitable. Une baisse de salaire et le refus d'améliorer la sécurité déclenchent une grève dont Étienne prend la tête. La lutte durera deux mois et demi à l'issue desquels, après des tentatives avortées de négociation, diverses violences et tensions, la troupe obligera les mineurs à reprendre le travail. Mais le nihiliste Souvarine a saboté le cuvelage de la mine : un effroyable effondrement se produit provoquant plusieurs morts, dont Catherine. La mort de la jeune fille, que Lantier avait disputée à Chaval, un mineur brutal qu'il a tué au fond du puits, marque la fin de la lutte. Étienne quitte Montsou pour Paris : d'autres combats se préparent.

2. Thèmes

● **L'engagement sociopolitique.** Ce deuxième roman ouvrier après *L'Assommoir*, veut, à la différence du précédent, montrer les ouvriers en tant que classe engagée dans la lutte contre le

Capital. Faisant écho à divers discours idéologiques (le socialisme, le fouriérisme, l'anarchisme...), Zola nous offre un livre de combat.

● **Les passions individuelles.** L'intrigue romanesque – concession aux règles du feuilleton – oppose les comportements primaires d'individus frustes qui cherchent à assouvir leurs désirs, à l'idylle impossible entre deux êtres, Étienne et Catherine, qui échappent à la bestialité dans un amour emblématique.

3. Intérêt littéraire

● **La dimension épique.** L'ampleur du conflit (le prolétariat contre la bourgeoisie), l'utilisation de la foule, les représentations allégoriques (la mine, la nature, les éléments...), les manifestations du mal (vengeance, accident, meurtre...), la tonalité des descriptions, l'espérance finale confèrent au roman les vertus de l'épopée.

● **Un titre-programme.** La richesse du livre se perçoit dans le titre que Zola a trouvé tardivement et qu'il considéra *« comme un coup de soleil qui éclaire toute l'œuvre »*. Le thème de la semence s'y mêle à la connotation révolutionnaire.

4. Phrases

« Le roman est le soulèvement des salariés, le coup d'épaule donné à la société, qui craque en un instant : en un mot la lutte du travail et du capital » (Ébauche).

« Des hommes poussaient, une armée noire, vengeresse, qui germaient lentement dans les sillons, grandissant pour les récoltes du siècle futur, et dont la germination allait faire bientôt éclater la terre » (VII, 6, dernière phrase).

5. Lecture critique

Colette Becker, *Émile Zola, « Germinal »*, Paris, coll. « Études littéraires », P.U.F., 1984.

N°33. PROUST, *DU CÔTÉ DE CHEZ SWANN* (1913)

1. Argument

Un narrateur anonyme se souvient de Combray, petit village où il passait ses vacances et de certaines circonstances marquantes : les difficultés à s'endormir, les visites d'un voisin, Swann, la maladie de sa tante Léonie, les lieux environnants (Tansonville, Martinville, la Vivonne...). Ces souvenirs peuvent être suscités par des rencontres fortuites comme le goût d'une madeleine trempée dans du thé qui déclenche la mémoire involontaire. En remontant dans le temps, on nous relate ensuite la passion amoureuse de Swann pour Odette de Crécy, une coquette, et la vie mondaine du couple dans les salons des Verdurin ou des Saint-Euverte. Enfin, revenant à son enfance, le narrateur se rappelle divers lieux évocateurs puis son premier amour, mal payé de retour, pour Gilberte Swann (la fille de son voisin). Faute de pouvoir conquérir la jeune fille, le narrateur se réfugie dans la lecture et dans les promenades au bois de Boulogne.

2. Thèmes

● **La mémoire.** Tout le roman – et les volumes qui le suivront – est marqué par la volonté de récupérer le passé grâce au secours de la mémoire affective. Ainsi les « réminiscences » affleurent à la conscience et permettent de conjurer les effets dévastateurs du temps.

● **Amour et jalousie.** La deuxième partie du livre, « Un amour de Swann », véritable petit roman autonome, est centrée sur la passion dévorante et la jalousie de Swann. Le sentiment, moins violent mais aussi univoque, du narrateur pour Gilberte, reproduit cette maladie de l'amour.

● **L'Art.** A travers diverses figures (Vinteuil le musicien, Bergotte l'écrivain, Berma la comédienne, Swann critique d'art), à travers de multiples références et métaphores, le livre offre le début d'une réflexion sur l'art perçu comme le refuge de la vraie vie.

3. Intérêt littéraire

● **Le roman à la première personne.** Le *je* qui raconte ne peut totalement se confondre avec le *moi* de l'auteur – même si les parentés sont évidentes. Le temps, l'acte narratif créent une distanciation qui trouvera sa résolution dans le passage à l'écriture, révélation ultime du roman.

● **La première pierre d'un édifice.** *Du côté de chez Swann* constitue le premier volume d'une vaste entreprise de plus de trois mille pages qui occupa quinze années de la vie de l'auteur. *À la Recherche du temps perdu* est une œuvre d'une ambition monumentale dont les techniques et les effets ont renouvelé largement l'art du roman au XXᵉ siècle.

4. Phrases

« *Longtemps je me suis couché de bonne heure* » (incipit).
« *Mais à l'instant même où la gorgée mêlée des miettes du gâteau toucha mon palais, je tressaillis, attentif à ce qui se passait d'extraordinaire en moi.* »

5. Lecture critique

Jean-Yves Tadié, *Proust et le Roman*, Paris, Gallimard, « Tel », 1971.

———————————

N° 34. ALAIN-FOURNIER, *LE GRAND MEAULNES* (1913)

1. Argument

François Seurel, un garçon calme et effacé, fils de l'instituteur de Sainte-Agathe, en Sologne, nous raconte l'arrivée à la pension de son père d'un nouvel élève, plus mûr et plus âgé que ses camarades, Augustin Meaulnes, dont la présence va bouleverser sa vie. Tout commence avec une aventure que Meaulnes raconte à son ami. Alors qu'il se rendait à Vierzon, il perd son chemin et après avoir erré un certain temps dans la campagne, il arrive dans un domaine merveilleux où se déroule une fête costumée. Il apprend qu'on célèbre les fiançailles de Frantz de Galais avec Valentine. Mais la fiancée ne viendra pas, alors que Meaulnes fait la connaissance d'Yvonne de Galais, la sœur de Frantz. La suite du livre consistera à tenter de retrouver le domaine mystérieux dans une quête à laquelle François sera lui-même entraîné. Cette recherche sera aidée par un mystérieux bohémien qui s'inscrit à Sainte-Agathe et qui se révèle être Frantz lui-même. Augustin finira par retrouver Yvonne à Paris, l'épousera mais, lié par une promesse, la quittera aussitôt pour voler à l'aide de Frantz. Nous apprendrons qu'il est guidé par le remords de lui avoir pris Valentine qu'il a connue et aimée. Quand Augustin vient pour retrouver Yvonne, celle-ci est morte en mettant au monde une petite fille.

2. Thèmes

● **L'adolescence.** Le roman met en scène de tout jeunes gens qui sortent de l'enfance pour connaître leurs premiers émois amoureux, pour se lancer dans des amitiés profondes, pour affronter la vie et ses souffrances.

● **L'amour impossible.** Les jeunes héros du livre, épris d'absolu et de pureté, vivent des passions intenses, dévoratrices, mais sublimées par le spectre de la mort.

3. Intérêt littéraire

● **L'homme d'un seul livre.** Alain-Fournier a largement puisé dans sa propre vie pour écrire *Le Grand Meaulnes* qu'il publia alors qu'il était âgé de moins de vingt-sept ans. Peu après, le jeune auteur est tué à la bataille des Éparges, laissant ce seul roman, chargé de fraîcheur et de lyrisme.

● **Le récit poétique.** La réalité des lieux et des actions est, comme dans *Sylvie* de Nerval, transfigurée par l'écriture poétique, par le recours au mystère et à la féerie.

4. Phrases

« Lorsque j'avais découvert le Domaine sans nom, j'étais à une hauteur, à un degré de perfection et de pureté que je n'atteindrai jamais plus » (III, 4).

5. Lecture critique

Michel Guiomar, *Inconscient et Imaginaire dans « Le Grand Meaulnes »*, Paris, Corti, 1964.

———————————

N° 35. COLETTE, *LA MAISON DE CLAUDINE* (1922)

1. Argument

Une série de 35 petits tableaux, apparemment sans liens, nous restituent l'enfance de l'auteur dans la maison familiale de Saint-Sauveur-en-Puisaye, en Bourgogne. La première partie (textes 1 à 21) constitue la chronique de la vie familiale qui remonte à l'enlèvement de la mère par un premier mari brutal, puis évoque la figure du Capitaine Colette, homme jovial et rêveur, les frères et sœurs (Léo, Achille et Juliette), les camarades d'école, les voisins, les animaux. Cette reconstruction du passé est centrée autour d'un lieu privilégié, la maison, bâtisse revêche entre la rue et les jardins. Une autre série de textes (22 à 25) sont organisés autour du personnage de la mère, Sido, dont les sentiments, les pensées, les comportements (à propos de la morale, de la maladie, des livres, de la religion...) révèlent une personnalité originale. Les six chapitres suivants, pas très nettement situés dans le temps et dans l'espace, nous relatent des scènes de bêtes, évocations d'animaux familiers, chiens et chats. Le livre se clôt sur des fragments se situant dans la période contemporaine où la narratrice commente l'élaboration de l'œuvre et transmet son contenu à sa propre fille, Bel-Gazou.

2. Thèmes

● **L'enfance.** La narratrice, qui approche la cinquantaine, se livre à une plongée dans sa mémoire pour peindre les petits faits de la vie d'une enfant. L'existence quotidienne, dans cet univers protégé, prend la forme d'un paradis perdu.

● **La mère.** Sido, la mère de la narratrice, à qui sera consacré en 1929 un livre complet (*Sido*), est la figure centrale du livre, et l'âme de la maison. Son rayonnement physique, ses talents multiples, son tempérament peu conformiste lui confèrent une dimension exceptionnelle et constituent pour sa fille un modèle à reproduire.

● **La nature.** Colette excelle à nous offrir les divers visages d'une nature vivante et bienveillante, à travers les paysages de la Puisaye, les richesses végétales du jardin, la présence du monde animal, la mobilisation des sens.

3. Intérêt littéraire

● **De l'autobiographie au roman.** La frontière entre les deux genres est ici, comme dans d'autres livres de Colette, assez ténue. La réalité du récit d'enfance est transfigurée par le plaisir de la narration, par les jeux de l'imagination, par la force poétique de la peinture. Le nom de Claudine – qui renvoie à une série célèbre de l'auteur – autorise les libertés romanesques.

● **L'expressivité du style.** L'écriture de Colette mélange le naturel et le recherché pour atteindre un ton caractéristique où les mots, dotés d'une force sensuelle, renouvellent le lexique, où la phrase se déploie harmonieusement, où les métaphores créent la surprise.

4. Phrases

« *La maison était grande, coiffée d'un grenier haut* » (*Où sont les enfants ?*).

« Je n'ai pas encore deviné, sous son œil de vieillard, la férocité de l'amour, et sous des joues flétries de femme, la rougeur de l'adolescence » (Amour).

5. Lecture critique

Madeleine Raaphorst-Rousseau, *Colette, sa vie, son art*, Paris, Nizet, 1973.

N°36. GIDE, LES FAUX-MONNAYEURS (1925)

1. Argument

Un groupe de jeunes gens de bonne famille souhaite, à travers diverses expériences, dont celle de l'amour, accéder à l'émancipation. C'est le cas de Bernard Profitendieu, fils d'un haut magistrat, qui devient secrétaire de l'écrivain Édouard, ou de son ami Olivier Molinier, neveu d'Édouard, qui entre au service du Comte de Passavant, homme de lettres mondain, ou de Vincent, frère aîné d'Olivier et médecin prometteur qui fait de Laura Vedel sa maîtresse avant de lui préférer Lady Griffith. D'autres amours contrariées compliquent la situation : celui, contre nature, d'Édouard pour Olivier, celui de Laura pour Édouard, de Bernard pour Sarah, la sœur de Laura. Ces intrigues croisées sont scrupuleusement notées par Édouard dans son « Journal » tenu en marge du roman qu'il souhaite écrire et dont il n'a que le titre : *Les Faux-Monnayeurs*. Justement, une histoire de faux-monnayeurs va nourrir son projet : les élèves de la pension Vedel-Azaïs, dont Georges, le troisième frère Molinier, se constituent en « Confrérie des hommes forts » et, sous la conduite du mystérieux Strouvilhou, se livrent à des activités suspectes, jusqu'à pousser le fragile Boris au suicide. En définitive, Bernard, qui a découvert sa bâtardise, revenu de sa révolte, guéri de ses aventures amoureuses, réintègre la maison familiale, tandis qu'Édouard récupère Olivier.

2. Thèmes

● **L'adolescence.** Plusieurs des personnages principaux sortent de l'enfance et connaissent l'exaltation et les conflits de l'adolescence : refus de la tradition, volonté de révolte, expérience de l'amour, critique des valeurs sociales… Ces jeunes gens épris d'idéal refusent les leçons trompeuses des aînés autant que l'illusoire autorité des pères.

● **Le monde du faux.** Le titre du roman met l'accent sur la tricherie sociale et le mensonge. Les conventions mondaines, les principes religieux, la règle politique, les conventions littéraires parviennent à construire un monde de l'imposture dont on se libère par la conquête de son authenticité.

3. Intérêt littéraire

● **Le roman du roman.** Ce livre, le seul que Gide ait jugé digne d'appeler « roman », se présente comme un véritable laboratoire narratif. En faisant du héros principal un romancier qui écrit un roman ayant pour titre le livre que nous lisons, l'auteur adapte à la littérature le principe pictural de la « mise en abyme » qui place l'œuvre au miroir.

● **L'innovation narrative.** Visant ce qu'il appelait le « roman pur », c'est-à-dire celui qui n'existerait que par sa technique et refuserait l'illusion romanesque, Gide utilise divers moyens pour renouveler l'art de la narration : abandon de la chronologie linéaire, mélange des diverses intrigues, imbrication des personnages, multiplication des points de vue, intervention du narrateur dans le récit.

4. Phrases

« C'est dans l'extraordinaire que je me sens le plus naturel » (I, 1).
« Il est bon de suivre sa pente, pourvu que ce soit en montant » (III, 4).

5. Lecture critique

N. David Keypour, *André Gide : Écriture et réversibilité dans les « Faux-Monnayeurs »*, Paris, Didier, 1980.

N°37. BERNANOS, *SOUS LE SOLEIL DE SATAN* (1926)

1. Argument

Le roman se déroule en trois temps, un prologue et deux parties. Le prologue raconte l'histoire de Mouchette, de son vrai nom Germaine Malhorty, provinciale de 16 ans qui s'ennuie dans sa ville de l'Artois. Pour se distraire, elle devient la maîtresse du marquis de Cadignan dont elle attend un enfant. Mais déçue par ce hobereau hésitant, elle se choisit un autre amant, le député Gallet, puis tue le marquis en maquillant le crime en suicide. Victime d'une crise d'hystérie, Mouchette mettra au monde un enfant mort-né. La première partie du roman raconte l'histoire de l'abbé Donissan, vicaire d'un bourg de l'Artois, qui mène une vie d'ascète et se consacre à sa paroisse. Un jour, en se rendant à Étaples à la demande de ses supérieurs, il s'égare et rencontre un maquignon jovial qui incarne (le prêtre l'identifie ainsi) Satan lui-même. Un dialogue fascinant s'engage, interrompu par un paysan de rencontre, puis par Mouchette dont la noirceur de l'âme apparaît à Donissan. Celui-ci s'efforce alors de dépouiller la jeune fille de son crime et de réclamer, en guise de châtiment, son suicide. Dans la deuxième partie nous retrouvons, cinq ans plus tard, l'abbé Donissan devenu curé de Lumbres et menant une vie de sainteté et de renoncement. Ébranlé dans sa foi par l'agonie d'un enfant innocent qu'il ne peut sauver, confronté pour la circonstance aux forces de Satan, le « saint de Lumbres » meurt subitement d'une angine de poitrine.

2. Thèmes

● **Le combat du bien et du mal.** Ainsi que le titre l'indique, le roman est centré autour du Malin qui prend possession de Mouchette et s'incarne dans la figure du maquignon. Face à lui, Donissan, image de la sainteté, représente les forces du Bien.

● **Le tragique de l'Histoire.** Écrit par un homme échappé des tranchées, *Sous le soleil de Satan* est, à sa manière, un témoignage sur l'entreprise de destruction que fut la guerre. L'aspiration à la sainteté et la quête de « l'esprit d'enfance » se confondent avec la recherche de la paix et de la vérité.

3. Intérêt littéraire

● **Une structure originale.** Premier livre important de Bernanos, ce roman surprend par sa structure en un triptyque dont les volets n'apparaissent pas immédiatement liés – alors que chaque partie s'enrichit des deux autres.

● **La psychologie des profondeurs.** Comme dans la plupart de ses romans, Bernanos délaisse ici les voies traditionnelles du romanesque pour nous faire pénétrer dans l'intimité d'âmes tourmentées dont le mystère appartient à l'indicible, voire au surnaturel.

4. Phrases

« *Là où Dieu vous attend, il vous faudra monter, monter ou vous perdre* » (I).

« *Tu voulais ma paix, s'écrie le saint, viens la prendre* » (II, dernière phrase).

5. Lecture critique

Michel Guiomar, *Miroirs de ténèbres, II,* Paris, José Corti, 1984.

N°38. ANDRÉ BRETON, *NADJA* (1928)

1. Argument

L'auteur-narrateur commence par réfléchir sur son identité et sur la nécessité, pour la littérature, d'atteindre une vérité éloignée de « l'affabulation romanesque ». De là découle la relation d'une série d'anecdotes, faits inattendus, rencontres, coïncidences, signaux étranges qui se présentent à la vie quotidienne. Commence alors, sous la forme d'un journal, l'histoire de Nadja, une jeune femme errante, rencontrée dans la rue, dotée de pouvoirs vaguement divinatoires, parlant par énigmes, proposant des dessins mystérieux. Breton est fasciné par cette nature étrange mais refuse de répondre à son amour. L'aventure s'achève peu avant que Nadja, qui semble avoir basculé dans la folie, soit internée. Mais cette rencontre avortée n'est pas un échec car elle en prépare une autre avec une femme qui, sans être nommée, incarne pour le narrateur l'« amour fou » qui va transformer sa vie.

2. Thèmes

● **L'amour.** *Nadja* est l'histoire d'un amour manqué. Mais la jeune femme, involontairement, aide par ses agissements à la révélation de la grandeur de la passion – à peine suggérée ici, exaltée dans le livre qui suivra, *L'Amour fou.*

● **Paris.** La ville-fétiche des surréalistes joue un rôle important dans le récit, lui-même organisé comme une promenade dans des lieux emblématiques chargés de nourrir la création surréaliste : porte Saint-Denis, marché aux puces de Saint-Ouen, rue Lafayette, Gare du Nord, place Dauphine, etc.

3. Intérêt littéraire

● **Un roman qui n'en est pas un.** Breton, en diverses occasions, a déclaré son aversion pour la littérature romanesque. *Nadja* sera un récit qui refuse les conventions du genre. La description est remplacée par la photographie, la narration respecte le ton de « l'observation médicale », les personnages appartiennent à la réalité, les faits, les lieux sont authentiques, le discours vient briser l'illusion narrative.

• **Une introduction au surréalisme.** Ce livre, le plus célèbre de l'auteur, fournit une parfaite illustration des pratiques et des goûts liés à ce mouvement poétique et artistique du premier tiers du XXᵉ siècle : l'importance du rêve et de la folie, l'appel à la révolte, l'aspiration à la liberté, la quête des objets rares, la disponibilité, la déambulation dans Paris...

• **La force poétique.** Le livre retient en outre par sa forte charge poétique que l'on perçoit dans les images, la syntaxe, le lexique, la tonalité générale de la langue.

4. Phrases

« Je persiste à réclamer les noms, à ne m'intéresser qu'aux livres qu'on laisse battants comme des portes... »
« Il se peut que la vie demande à être déchiffrée comme un cryptogramme. »

5. Lecture critique

Patrick Née, *Lire « Nadja » de Breton*, Paris, Dunod, 1993.

———————————

N°39. MAURIAC, LE NŒUD DE VIPÈRES (1932)

1. Argument

A Calèse, propriété de la région bordelaise, un vieil homme malade, l'anticlérical Louis, écrit une lettre destinée à être lue à titre posthume par sa famille. Il s'attarde sur quelques images ternes de son passé, sur son activité d'avocat, sur son mariage avec Isa Fondaudège qui lui apporta la considération sociale, mais pas l'amour attendu, sur ses enfants, arrivistes et calculateurs. Quelques figures lumineuses ont fugitivement éclairé cette existence lugubre : Marie, sa fille, morte prématurément, Marinette, sa belle-sœur, Luc, son neveu. Pour se venger de son entourage cupide, Louis souhaite léguer sa fortune à Robert, un enfant naturel qu'il a retrouvé à Paris. L'intervention des enfants légitimes puis la mort brutale d'Isa font avorter le projet. Louis se résigne à céder l'héritage, se tourne vers la religion et meurt en paix avec lui-même.

2. Thèmes

• **L'argent.** Louis éprouve un goût démesuré pour l'argent et l'utilise pour faire pression sur son entourage. Dans ce milieu de bourgeois aisés tous les sentiments le cèdent à l'intérêt.

● **La famille.** Comme beaucoup de romans de Mauriac, *Le Nœud de vipères* décrit et analyse les forces malsaines – haine, passion, mépris, méchanceté, rapacité… – en œuvre dans une famille socialement irréprochable et bien-pensante.

● **La victoire sur le Mal.** Romancier chrétien, Mauriac souhaite montrer l'évolution d'un incroyant haineux et avare qui, sous l'action de la Grâce, se libère de l'emprise du Mal et connaît l'apaisement.

3. Intérêt littéraire

● **Le récit subjectif.** Le roman, écrit à la première personne, combine deux genres subjectifs : la lettre (première partie), le journal (deuxième partie). Par ce moyen, l'auteur peut entrer dans la conscience de son héros, moduler les effets de confidence, restituer les événements à travers un regard omniscient.

● **La mise en abyme.** Le rédacteur de la lettre ou du journal est un double de Mauriac et, comme le romancier, doit composer avec les ressources de l'écriture et du style.

4. Phrases

« *J'ai cru longtemps que la haine était ce qu'il y avait en moi de plus vivant* » (I).

« *Cet amour dont je connais enfin le nom ador...* » (II, dernière phrase).

5. Lecture critique

Marie-Françoise Canérot, *Mauriac après 1930 : le roman dénoué*, Paris, SEDES, 1985.

────────────

N°40. CÉLINE, *VOYAGE AU BOUT DE LA NUIT* (1932)

1. Argument

Au début de la guerre de 1914, le héros-narrateur, Ferdinand Bardamu, s'engage dans un régiment de cuirassiers et est envoyé sur le front. Le spectacle des atrocités de la guerre le guérit de ses illusions : il tente, avec Robinson, un camarade de rencontre, de se constituer prisonnier. Blessé, victime de crises de folie, il connaît l'hôpital psychiatrique, se lie avec diverses femmes – Lola, Musyne, une actrice – puis est réformé. Il s'embarque alors pour l'Afrique où il travaille dans une entreprise du Cameroun qui exploite les indigènes. Il part pour la brousse, s'installe dans une case qui prend feu avant d'être emmené dans un navire espagnol à destination de l'Amérique. A New-York, il vit de petits métiers, retrouve Lola puis se lie avec Molly, une prostituée qu'il suit à Detroit. Rentré en France, il s'installe dans la banlieue parisienne où, après avoir achevé ses études de médecine, il ouvre un cabinet médical. Il soigne les pauvres, s'affronte aux bourgeois (les Henrouille) et se prend d'affection pour le petit Bébert qui mourra d'une typhoïde. Enfin, après avoir retrouvé Robinson, victime de diverses mésaventures, Bardamu devient médecin dans l'asile psychiatrique du Dr Baryton à Clichy avant d'assister à l'assassinat de Robinson.

2. Thèmes

● **L'anti-héros.** Bardamu, vague porte-parole de l'auteur, apparaît comme un personnage faible et désabusé, réduit, pour survivre dans un monde sans pitié, aux pires bassesses ; quant à Robinson, son double autour duquel tourne la deuxième moitié du roman, il offre une image guère plus favorable. L'« anti-héros » du roman moderne se contente d'essayer de contourner comme il peut les épreuves de l'époque.

● **La tragédie du monde moderne.** Le roman brosse une peinture particulièrement sombre de la vie moderne : guerre, colonisation, maladie, prostitution, pauvreté... Ce pourrissement généralisé se concentre dans l'image de la mort dont la présence est obsédante.

3. Intérêt littéraire

● **Un roman picaresque.** Le titre du roman, la succession des épisodes, la personnalité de Bardamu renvoient à la tradition du roman du « picaro », jeune homme pauvre et rusé lancé dans des aventures aux multiples rebondissements. Le modèle, ici, est évidemment parodié et dégradé.

● **L'invention d'un langage.** Céline a marqué son entrée en littérature par un style révolutionnaire inspiré du parler populaire et oral. Mais sa truculence, sa verve, son inventivité lexicale dépassent le simple réalisme pour constituer une véritable esthétique dans la lignée de Rabelais.

4. Phrases

« L'amour, c'est l'infini mis à la portée des caniches. »
« La vérité, c'est l'agonie qui n'en finit pas. La vérité de ce monde, c'est l'amour. »

5. Lecture critique

Henri Godard, *Poétique de Céline*, Paris, Gallimard, 1985.

N°41. MALRAUX, *L'ESPOIR* (1937)

1. Argument

En juillet 1936, la guerre vient de commencer en Espagne et des combats de rue ont lieu à Barcelone et à Madrid. Une équipe de volontaires de l'aviation internationale dirigée par le Français Magnin, soutient le combat des républicains en organisant des raids, comme celui de Medellin. Parallèlement, l'action se mène à terre, notamment à Tolède où l'Alcazar est assiégé. D'autres chefs apparaissent comme Garcia, Ximenes, Hernandez – qui, fait prisonnier par les fascistes, sera exécuté. Vers le mois de novembre, les positions des républicains deviennent précaires ; les intellectuels (Scali, Guernico, Unamuno...) s'interrogent sur la préservation des valeurs humaines, pendant que Madrid brûle et que le commandant Manuel prend la direction d'une nouvelle brigade. Une dernière opération aérienne, près de Teruel, en Mars 1937, tourne mal : des avions sont abattus, des pilotes sont tués, mais les survivants redescendent de la montagne dans le respect et le soutien général. D'autres combats s'annoncent, l'espoir peut se maintenir : Manuel fera face.

2. Thèmes

● **La guerre.** Le roman prend parfois les allures d'un témoignage sur le conflit, à travers la description des forces en présence (l'enthousiasme des groupes de résistance opposé à la discipline des nationalistes), la relation détaillée des affrontements, les oppositions de stratégie dans le camp républicain.

● **La méditation sur l'homme.** La réalité du conflit place l'homme devant des choix éthiques douloureux : comment concilier l'aspiration à la fraternité et la nécessité de l'action, l'« illusion lyrique » et l'efficacité militaire, la préservation des valeurs humaines et la nécessité de tuer, l'« être » et le « faire » ?

● **L'art.** Au moyen de personnages artistes (Lopez, Scali, Alvéar, Manuel...), de débats serrés sur les questions esthétiques, Malraux introduit une interrogation qu'il reprendra souvent : l'art peut-il fournir une réponse aux cruautés du destin ?

3. Intérêt littéraire

● **La fresque épique.** Écrit en quelques mois sur le front, *L'Espoir* se présente comme un récit dense, touffu, mais sans intrigue véritable. Le vrai sujet est la guerre, traduite par les nombreux épisodes disséminés dans 59 chapitres, par une dizaine de lieux, une soixantaine de personnages.

● **L'écriture cinématographique.** A partir de *L'Espoir* Malraux tirera un film, *Sierra de Teruel* qu'il tournera en 1938. Le livre lui-même, par sa dimension réaliste, sa composition éclatée, son découpage, sa polyphonie semble influencé par l'esthétique du cinéma.

4. Phrases

« La guerre, c'est faire l'impossible pour que des morceaux de fer entrent dans la chair vivante » (I, 1).

« A quoi sert la révolution si elle ne doit pas rendre les hommes meilleurs ? » (I, 2).

« Qu'est-ce qu'un homme peut faire de mieux de sa vie, selon vous ? – Transformer en conscience une expérience aussi large que possible » (II, 2).

5. Lecture critique

Jean Carduner, *La Création romanesque chez Malraux*, Paris, Nizet, 1968.

───────────

N° 42. SARTRE, *LA NAUSÉE* (1938)

1. Argument

Dans son journal, Antoine Roquentin, un homme désœuvré d'une trentaine d'années qui vit à Bouville depuis trois ans, note divers malaises personnels dans sa façon de voir le monde et les objets qui l'entourent. Il fréquente souvent la bibliothèque municipale où il travaille à un livre d'histoire auquel il a du mal à s'attacher véritablement. D'ailleurs, sa vie complète lui procure déception et nausée : les Bouvillois lui paraissent médiocres, son amie Anny ne l'attire plus, l'Autodidacte – qu'il a rencontré à la bibliothèque – lui offre l'exemple d'une vie fade et creuse. Au bout d'un certain temps, il abandonne son projet d'étude et s'attache à observer dans divers indices (une racine de marronnier, un garçon de café...) l'inutilité de l'existence. Puis Roquentin se rend à Paris pour retrouver Anny qu'il juge vieillie et changée et avec qui il rompt. Rentré à Bouville, il prend la mesure de ses ratages, assiste au scandale provoqué par l'Autodidacte qui approche de trop près un garçon. Enfin, la diffusion d'un air de jazz entendu au café lui suggère une solution pour conjurer son angoisse : écrire un livre.

2. Thèmes

● **Le mal existentiel.** Sartre ne s'est jamais caché de vouloir illustrer dans ce livre les thèmes essentiels de la philosophie existentialiste, et notamment la question de la contingence, c'est-à-dire la non-nécessité de l'existence pour les êtres ou pour les choses. En envahissant l'univers de l'homme, les objets lui inspirent un dégoût maladif qui lui renvoie l'image de son inutilité.

● **Un « homme sans qualité ».** Roquentin, par qui l'histoire est racontée, est un personnage dépourvu de toute épaisseur psychologique et de tout pouvoir sur le monde. Sujet d'une expérimentation métaphysique, il tente, au cours du roman, de prendre possession de sa conscience au moyen de la création.

3. Intérêt littéraire

● **L'atelier du roman.** Tout en entretenant l'illusion réaliste par la peinture de scènes de la vie quotidienne, *La Nausée*, qui emprunte également aux formes du roman d'apprentissage et du roman policier, souhaite récuser la tradition romanesque et démystifier, par l'effet de mise en abyme, la pratique de l'écriture.

4. Phrases

« Le mieux serait d'écrire les événements au jour le jour. Tenir un journal pour y voir clair. »

« L'essentiel, c'est la contingence. Je veux dire que, par définition, l'existence n'est pas la nécessité. »

5. Lecture critique

Georges Raillard, *« La Nausée » de J.-P. Sartre*, Paris, Hachette, « Poche critique », 1972.

———————————

N°43. CAMUS, *L'ÉTRANGER* (1942)

1. Argument

Meursault, un employé de bureau, mène à Alger une vie d'habitudes et d'ennui, à peine distraite par sa relation avec Marie. Après avoir assisté, sous une chaleur torride et sans grande émotion, aux obsèques de sa mère, il se lie avec un voisin, Raymond Sintès, personnage brutal et peu recommandable qui l'invite à passer le prochain dimanche dans un cabanon au bord de la mer. La journée est perturbée par la présence d'un groupe d'Arabes avec lesquels Raymond a eu un différent. A un moment, dans des circonstances imprévues, Meursault se retrouve seul sur la plage face à l'adversaire de Raymond ; l'homme sort un couteau et Meursault, qui a dans sa poche le revolver de son ami, tire quatre coups de feu sur l'Arabe. La deuxième partie du livre se passe essentiellement en prison où le meurtrier reçoit son avocat, puis Marie, avant d'être jugé par un président qui s'intéresse plus à ses sentiments, à sa vie privée, à son travail qu'au drame lui-même. Indifférent au procès, maladroit dans sa défense et dans ses réponses, Meursault entend le procureur réclamer et obtenir la peine capitale. Il analyse le mécanisme de la justice, réfléchit sur la guillotine, se révolte contre l'aumônier et ses belles paroles puis se résigne à son sort.

2. Thèmes

● **L'étranger.** Héritier des créatures de Kafka, ancêtre des « non-personnages » du Nouveau Roman, Meursault incarne l'homme « moyen », « sans qualité », étranger à tout et à lui-même, dépourvu de toute cohérence psychologique, et jeté dans une société absurde et désenchantée.

● **L'absurde.** Sans verser dans la démonstration théorique, le roman entend illustrer la philosophie de l'absurde à laquelle Camus a attaché son nom. Face à un univers qui manque de sens, de raison, d'espoir, Meursault, « martyr de la vérité », est entraîné comme inéluctablement dans une spirale tragique.

3. Intérêt littéraire

● **Le roman à la première personne.** Toute l'histoire est racontée par Meursault lui-même dans une narration qui tient à la fois du journal intime, du récit rétrospectif et du monologue intérieur. En entretenant l'ambiguïté, Camus détruit l'illusion romanesque et favorise l'identification.

● **La sobriété classique.** Le récit est écrit avec une « absence idéale de style » (Roland Barthes), refusant les effets, préférant les phrases courtes, les termes inexpressifs, se limitant à retranscrire les faits. Cette grande économie de moyens donne au livre un relief digne du classicisme.

4. Phrases

« Et c'était comme quatre coups brefs que je frappais sur la porte du malheur » (I, 6).

« *J'accuse cet homme d'avoir enterré sa mère avec un cœur de criminel* » (II, 3).

5. Lecture critique

Pierre-Georges Castex, *Albert Camus et « L'Étranger »*, Paris, J. Corti, nouv. éd. 1992.

N°44. CAMUS, *LA PESTE* (1947)

1. Argument

A Oran, au cours de l'année 194. se sont produits des événements qu'un narrateur anonyme nous relate : les rats sortent de leurs cachettes et leur mort brutale annonce une épidémie de peste. Vers le mois de mai, alors que la ville est fermée, le docteur Rieux organise la lutte médicale contre le fléau. Autour de lui, divers personnages se révèlent à l'occasion de ces circonstances dramatiques : Rambert, le journaliste qui souhaite quitter la ville, le père Paneloux qui présente la peste comme un châtiment divin, l'employé Grand qui se réfugie dans l'écriture, Tarrou qui dirige des équipes sanitaires, Cottard qui profite des circonstances pour mener des affaires louches. Au cœur de l'été, la peste devient terrible, provoquant des morts innombrables, comme celle, particulièrement injuste, du fils du juge Othon et de Paneloux lui-même qui réclamait une soumission à l'épreuve. En janvier, enfin, l'épidémie recule et, au moment où les portes de la ville s'ouvrent à nouveau, Rieux, dont la propre femme a été emportée, mesure sa solitude et la précarité de sa victoire sur le mal.

2. Thèmes

● **La présence du mal.** Derrière la chronique réaliste d'une épidémie se cache une méditation philosophique sur le mal et ses manifestations arbitraires face auxquelles l'homme révèle sa vraie nature en imaginant les moyens de les combattre.

● **Le message politique.** Commencé pendant le second conflit mondial, ce récit peut se lire comme un témoignage contre l'oppression et, tout particulièrement, contre l'occupant nazi auquel doit s'opposer une attitude de résistance faite de courage, d'engagement et de solidarité.

3. Intérêt littéraire

● **Le principe de la chronique.** Le livre, dès ses premières lignes, se présente comme une relation chronologique de l'épidémie et s'interdit toute réorganisation des événements. Nous apprenons à la dernière page que Rieux lui-même est l'auteur de cette chronique – ce qui en justifie les tâtonnements et la subjectivité.

● **Un best-seller.** En dépit de la gravité du sujet et de la rudesse du style, ce roman, parce qu'il touche sans doute la sensibilité universelle, est celui qui a atteint les plus importants tirages en collection de poche.

4. Phrases

« Ce qu'on apprend au milieu des fléaux, c'est qu'il y a dans l'homme plus de choses à admirer que de choses à mépriser » (V).
« Peut-être le jour viendrait où, pour le malheur et l'enseignement des hommes, la peste réveillerait ses rats et les enverrait mourir dans une cité heureuse » (V).

5. Lecture critique

Roger Quilliot, *La Mer et les Prisons, essai sur Albert Camus*, Paris, Gallimard, nouv. éd. 1980.

N°45. MARGUERITE DURAS, UN BARRAGE CONTRE LE PACIFIQUE (1950)

1. Argument

L'action se passe dans un petit village de l'Indochine au moment de la colonisation française, dans le sud de la Péninsule, sur le bord du Mékong. Là vit une famille composée de trois personnes : la mère, une institutrice veuve, et deux enfants, un garçon d'une vingtaine d'années, Joseph, et sa sœur Suzanne, sensiblement plus jeune. La mère, grâce à quelques économies, achète une concession qu'elle s'obstine vainement à exploiter alors que le terrain est réputé incultivable. Elle entreprend alors, avec l'aide de quelques indigènes, de construire un barrage pour préserver ses terres ensemencées. Mais chaque année, les crabes marins rongent les rondins chargés de consolider l'édifice, et les marées du Pacifique envahissent et détruisent les cultures. Parallèlement, les deux enfants s'efforcent de fuir la concession où ils étouffent ; Suzanne en se laissant courtiser par M. Jo, un riche fils de planteur du Nord, Joseph en vivant une passion orageuse avec Lina, « la femme à la Delage ». Petit à petit, sous l'action de ces diverses forces, le trio, d'abord très uni, va se défaire, entraînant la mort de la mère, et la fin d'une période privilégiée quoique houleuse.

2. Thèmes

● **L'échec.** Tout le livre s'articule sur la dialectique de l'espoir et de la désillusion : on attend quelque chose qui doit transformer la vie quotidienne, mais le miracle ne se produit pas et se solde par une défaite qui préfigure un autre anéantissement, celui de la colonisation.

● **L'amour.** Le pessimisme du roman se trouve atténué par une lueur d'espoir née du sentiment profond qui le traverse : l'amour. La mère, d'une façon un peu rude, adore ses enfants, Suzanne et Joseph s'aiment profondément et chacun d'eux tentera, par l'amour, d'échapper à la fatalité d'un monde finissant.

3. Intérêt littéraire

● **Une construction dramatique.** L'ouvrage est construit en deux parties bien séparées, l'une s'achevant par un espoir, une ouverture, l'autre débouchant sur l'échec, la première lente et statique, la seconde précipitée, le double mouvement reproduisant le mouvement des eaux prêtes à anéantir le barrage et le précaire équilibre de la famille.

● **Une voix en formation.** Cette œuvre de début contient en germe les caractéristiques de l'écriture durassienne : grande sobriété, force du non-dit, dépouillement formel, goût de l'ellipse, métaphorisation discrète, mélange de lyrisme et de réalisme cru, humour glacial...

4. Phrases

« *C'est rare, il est vrai, qu'il y ait du nouveau dans la plaine, à tous les points de vue* » (I).

« *Que dans l'amour les différences puissent s'annuler, elle ne l'oublierait plus* » (II).

5. Lecture critique

Christine Blot-Labarrère, *Marguerite Duras*, Paris, Seuil, « Les Contemporains », 1995.

N°46. GRACQ,
LE RIVAGE DES SYRTES (1951)

1. Argument

Un jeune aristocrate, Aldo, décide, pour se distraire, de se faire affecter « sur le front des Syrtes », à l'extrême sud du pays qu'il

habite, la seigneurie d'Orsenna. De l'autre côté de la me
le Farghestan, pays ennemi dont il étudie les cartes et su
rives. L'attente est meublée par sa rivalité avec Marino, le
commandant l'*Amirauté*, par des parties de chasse ou des
nades à cheval. Parfois, Aldo se risque à visiter les ruines de Sagra,
puis la cité de Maremma bâtie au bord de la lagune et proche de la
décomposition. C'est là qu'il se lie avec Vanessa Aldobrandi, héritière d'une grande famille, qui lui fait visiter des lieux du Farghestan
puis le convie à une promenade en mer. Dans l'île de Vezzano, elle
se donne à lui avant de l'investir d'une mission obscure : sauver le
pays qui s'enfonce dans la routine et la paralysie. Pour échapper à
l'ankylose, Orsenna a préféré se lancer dans la guerre et envisager
une vaste bataille – qui n'est pas racontée – contre le Farghestan.
Puis Aldo rentre à Orsenna où il est accueilli par Danielo, personnage important qui lui révèle les rouages de la manipulation.

2. Thèmes

● **L'attente inutile.** Pour échapper à l'ennui et à la décadence, la
seigneurie d'Orsenna s'invente un ennemi et entretient l'illusion
d'une guerre. L'attente d'événements qui ne se produisent pas
révèle le vide de l'existence moderne.

● **L'allégorie de l'Histoire.** Les données du roman, sa date de
parution et d'écriture, certaines analogies de lieux ou des épisodes réels, permettent de découvrir dans les marges du livre la
trace de l'Histoire et l'image du déclin, bien que l'auteur, par le
recours au symbole et à l'atemporalité, parvienne à éviter toute
représentation réaliste.

3. Intérêt littéraire

● **Un roman poétique.** Ce roman « où il ne se passe rien »
retient surtout par sa qualité d'écriture (influencée par le surréalisme) : un climat trouble et onirique, un style métaphorique,
une narration symbolique, un subtil système de références.

● **Pour les « happy few » ?** *Le Rivage des Syrtes* obtient, en
1951, le prix Goncourt que l'auteur refuse, de même qu'il s'est
toujours opposé à une parution du livre en collection de poche.
La littérature, pour Gracq, suppose une création exigeante et un
déchiffrement patient. Un livre se mérite.

4. Phrases

*« Les fonctionnaires de l'État considèrent ordinairement les
Syrtes comme un purgatoire où l'on expie quelque faute de service dans des années d'ennui interminable »* (I).

5. Lecture critique

Ruth Amossy, *Parcours symbolique chez Julien Gracq, Le Rivage des Syrtes*, Paris, C.D.U-SEDES, 1982.

———————————

N° 47. GIONO,
LE HUSSARD SUR LE TOIT (1956)

1. Argument

Pendant l'été 1838, un jeune officier carbonaro italien , Angelo Pardi, accomplit un voyage en Provence alors que vient d'éclater une épidémie de choléra. Dans les villages qu'il traverse, les morts commencent à se compter par centaines et Angelo assiste à des agonies dramatiques, comme celle d'un jeune médecin français. D'un naturel romanesque et héroïque, le jeune homme poursuit sa route, trouvant diverses occasions de prouver sa bravoure en protégeant et soignant des cholériques. Arrivé dans la ville de Manosque, Angelo est soupçonné par des villageois d'empoisonner les fontaines ; pour leur échapper il se réfugie sur un toit où il s'installera de façon durable, s'efforçant de se procurer de la nourriture et observant les ravages du fléau. Un jour, entrant dans une demeure, il rencontre une jeune femme, Pauline de Théus, qui l'impressionne par son courage. Plus tard, après avoir été recruté par une vieille nonne pour transporter les cadavres, Angelo quitte sa cachette pour partir à la recherche de son ami Giuseppe qu'il finira par retrouver. Vers l'automne, il revoit par hasard Pauline et l'accompagne dans son voyage pour Théus, près de Gap, où la jeune femme doit retrouver les siens. Le voyage est ponctué de multiples péripéties et permet aux deux personnages de montrer leur élévation d'âme et leur intrépidité. Un sentiment amoureux inavoué va désormais les lier. Angelo parvient même, à force de tendresse, à sauver Pauline, victime des premières atteintes du mal. Enfin les voyageurs parviendront au château de Théus qu'Angelo quitte peu après pour repartir pour l'Italie.

2. Thèmes

● **Un héros stendhalien.** Le personnage d'Angelo (qui réapparaît dans deux autres livres de Giono) possède les caractères romanesques de son modèle, le Fabrice de *La Chartreuse de Parme.* Comme lui, il est impulsif, intrépide, chevaleresque – mais également lucide sur sa naïveté et son orgueil.

● **La chasse au bonheur.** Paradoxalement, ce roman, qui accumule les scènes de mort et de souffrance, s'inscrit dans une morale du dépassement où le mal devient supportable et l'épreuve stimulante. Au choléra – représentation de la lâcheté humaine – les héros opposent leur quête de pureté et leur appétit de bonheur.

3. Intérêt littéraire

● **Le plaisir de la narration.** La matière du roman est très mince, les personnages sont peu nombreux et évoqués fugitivement, les lieux sont flous et la construction paraît désinvolte. Pourtant l'ouvrage retient par la force et l'allégresse du conteur, la variété des styles, la gaieté démystificatrice.

● **Le regard ironique.** Comme Stendhal, Giono pose sur son personnage un regard à la fois tendre et moqueur, n'hésitant pas à désavouer, par ses incursions dans le récit, certains actes du fougueux hussard et à parodier le roman d'apprentissage.

4. Phrases

« Il était de ces hommes qui ont vingt-cinq ans pendant cinquante ans » (VI).
« Il était au comble du bonheur » (XIV).

5. Lectures

Pierre Citron, *Giono*, Paris, Seuil, 1990.

———————————

N°48. BUTOR, *LA MODIFICATION* (1957)

1. Argument

Un homme de quarante-cinq ans, Léon Delmont, prend, le surlendemain de son anniversaire, le train à la gare de Lyon en direction de Rome. Ce voyage est privé, contrairement aux déplacements réguliers pour ses affaires qui conduisent Léon dans la capitale italienne. Il doit, en ce jour, retrouver sa maîtresse, Cécile, qu'il informera de sa décision de quitter sa femme pour vivre avec elle à Paris où il la ramènera. Pendant le trajet, Léon va se rappeler le détail de sa vie – son épouse Henriette avec qui il est marié depuis vingt ans, ses quatre enfants, son travail de bureau, sa rencontre avec Cécile, il y a deux ans... Il va également observer les divers voyageurs qui entrent et sortent du compartiment, dévoiler ses goûts pour l'art (la musique, l'architecture, la peinture) et programmer le week-end amoureux qui l'attend à Rome. Pourtant, progressivement, ses intentions et son état d'esprit vont se « modifier ». Il mesure les complications qu'entraînerait son divorce, l'incertitude de ses sentiments pour Cécile, la future souffrance d'Henriette. Après s'être longuement interrogé pour savoir quelle attitude adopter vis-à-vis de sa maîtresse, il prend le parti de ne pas la voir à Rome et envisage un voyage prochain avec son épouse.

2. Thèmes

● **L'adultère.** Un cadre vieillissant, amateur d'art, tente, à l'occasion d'un déplacement en train, de choisir entre sa femme légitime et sa maîtresse. Cette histoire d'adultère, héritée d'une convention littéraire banale, sert ici de prétexte à une réflexion sur le roman.

● **La quête.** Tout le roman se passe dans le train et traduit un itinéraire matériel (le trajet) et psychologique (l'examen de conscience de Léon). Cette situation réaliste reproduit parodiquement un des ressorts essentiels du récit (depuis *L'Odyssée* et *La Quête du Graal*) : la recherche d'une vérité ou d'un idéal.

3. Intérêt littéraire

● **Le roman de la deuxième personne.** L'utilisation de la deuxième personne comme énonciation narrative est un procédé original qui produit un effet de dédoublement et grossit à l'extrême la technique du monologue intérieur.

● **Un « nouveau roman ».** Certaines des audaces du roman (la construction savante, le « vous », le jeu sur le temps et sur l'espace, les mises en abyme, le contrepoint culturel, le rôle des objets...) ont permis de le rapprocher d'œuvres contemporaines – de Robbe-Grillet ou de Claude Simon par exemple – rattachées au « nouveau roman ».

4. Phrases

« Vous avez mis le pied gauche sur la rainure de cuivre, et de votre épaule droite vous essayez en vain de pousser un peu plus le panneau coulissant » (première phrase).

5. Lecture critique

Françoise Van Rossum-Guyon, *Critique du roman « La Modification »*, Paris, Gallimard, 1970.

N°49. TOURNIER, *VENDREDI OU LES LIMBES DU PACIFIQUE* (1967)

1. Argument

Après le naufrage de la *Virginie* survenu le 29 septembre 1759, Robinson Crusoé se retrouve seul dans une île du Pacifique. Il tente d'abord d'organiser sa vie en cultivant le sol, en constituant des provisions, en inventant même une charte. Parallèlement il connaît des moments de découragement qui l'entraînent vers l'animalité de la « souille » ou vers la perversion sexuelle de la « combe rose ». Après de nombreuses années de vie solitaire, il recueille, contre son gré, un jeune Indien araucanien, Vendredi, auquel il décide d'enseigner les rudiments de la civilisation. Mais le sauvage, rétif à toute domestication, va, par son insouciance et sa liberté, bouleverser l'existence rigide de Robinson. Celui-ci s'ouvre au jeu, à la nature, au rire, au soleil. Quand un navire anglais se présente, le naufragé, devenu « être solaire », refuse de partir et remplace Vendredi, qui embarque pour l'Europe, par Jeudi, un jeune mousse qui partagera sa nouvelle vie.

2. Thèmes

● **Le mythe revisité.** Tournier ne cache pas sa dette à l'égard de Defoe, auteur du célèbre *Robinson Crusoé*. Mais la « robinsonnade » (c'est le nom que l'on donne aux innombrables avatars du mythe), si elle est respectée dans les grandes lignes, prend un sens nouveau, car loin de prouver la supériorité de l'homme civilisé qui domestique la nature, elle glorifie les valeurs « sauvages » incarnées par Vendredi, vrai héros du livre.

● **L'île.** Aux deux protagonistes humains, il convient d'ajouter un troisième personnage, l'île. Le motif de l'île, particulièrement fécond en littérature, est ici capital : « île de la désolation » d'abord (parce qu'elle est refusée), elle devient « espérance » (Speranza), à la fois mère et épouse, avant d'être l'« autre île », lieu de la transfiguration de l'homme blanc.

3. Intérêt littéraire

● **Une construction savante.** Le roman obéit à divers schémas narratifs qui forment sens : la structure ternaire (île niée, île administrée, île solaire) ; les retours thématiques (les figures du tarot), le contrepoint métaphorique (le log-book, la Bible), les motifs symboliques (le chien, la pipe, le bouc...).

● **Un roman philosophique.** Le roman d'aventures, imité d'un mythe universel, n'exclut pas la méditation métaphysique sur l'existence humaine (l'argument ontologique par exemple), sur les problèmes du moi, sur les rapports à l'autre, sur les tares et les prétentions de la civilisation occidentale.

4. Phrases

« *Speranza n'était pas un domaine à gérer mais une personne de nature indiscutablement féminine* » (chap. VI).
(Robinson avait) « *la tête farcie par trois millénaires de civilisation* » (chap. VII).

5. Lecture critique

Arlette Bouloumié, *Michel Tournier et le Roman mythologique*, Paris, Corti, 1988.

———————————

N°50. COHEN, BELLE DU SEIGNEUR (1968)

1. Argument

Le jeune juif Solal, sous-secrétaire général de la Société des Nations à Genève, a décidé de séduire Ariane Deume, née d'Auble, épouse d'un de ses employés subalternes. Il y parvient après un long intermède consacré à Adrien Deume et à sa vie étriquée de fonctionnaire distraite par l'apparition des « Valeureux », les cinq oncles de Solal, juifs pittoresques arrivés de Grèce. Après la conquête, les deux amants vont traverser des périodes de délire amoureux entretenu par l'imagination de Solal, soucieux de conserver de l'inédit dans la passion. Ils s'installent bientôt dans le midi de la France où la vie commune à l'hôtel, puis dans une villa achetée est émaillée de scènes de disputes. D'autres difficultés surviennent : la dégradation de Solal, radié de la SDN, déchu de la nationalité française, victime de l'antisémitisme ; le chancre de la jalousie (Ariane a avoué une ancienne liaison avec un chef d'orchestre) vient également ébranler le couple. Après divers déménagements (en Égypte, à Paris, à Genève) et d'autres épreuves (la maladie d'Ariane), arrivés au bout de leur aventure, les deux amants décident de mourir ensemble.

2. Thèmes

● **La passion illusoire.** Le roman illustre les délices mais surtout les tourments de l'amour passionné. Solal et Ariane sont indissolublement attachés l'un à l'autre ; mais la vérité du sentiment ne peut résister aux tromperies de la séduction, aux bassesses de la vie quotidienne, à l'usure du désir. Comme dans le mythe, l'amour conduit à la mort.

● **La vie de bureau.** La figure d'Adrien Deume et les longues pages qui lui sont consacrées témoignent de la mesquinerie d'un fonctionnaire dérisoire, surtout soucieux de son avancement. L'employé est le digne représentant d'une société médiocre, hypocrite, bien-pensante contre laquelle s'élève Solal, le « seigneur ».

3. Intérêt littéraire

● **Un cycle romanesque.** La « geste des Solal » est composée d'un premier roman, *Solal*, paru en 1930 et qui fit connaître l'auteur, puis *Mangeclous* (1938), sa suite, *Belle du seigneur,* et enfin *Les Valeureux* (1969), gigantesque extrait du précédent. Les mêmes personnages apparaissent, à des degrés divers, dans les quatre ouvrages.

● **Le monologue intérieur.** Le récit est fréquemment interrompu par de longues pages dans lesquelles les héros nous donnent, dans un déversement continu et non ponctué, le contenu de leur conscience. Par cet aspect le livre est à rapprocher de Proust ou de Joyce.

● **Un livre-culte.** Le roman, de dimension démesurée (près de mille pages), a été accueilli avec un enthousiasme quasi unanime à sa parution et sera repris, vingt ans plus tard, dans la prestigieuse collection de La Pléiade. Avec ses excès, mais aussi ses fulgurances, son souffle lyrique, son rythme, ses thèmes récurrents, son humour, ses inventions stylistiques, il suscite encore un véritable culte ou… une totale aversion.

4. Phrases

« *Les voici, les Valeureux, les cinq cousins et amis fieffés, tout juste arrivés à Genève, les voici, les grands discoureurs…* » (II, 12).

« *Ô débuts, baisers des débuts, précipices de leurs destinées, ô les premiers baisers sur ce sofa d'austères générations disparues, péchés tatoués sur leurs lèvres...* » (III, 37).

5. Lecture critique

Hubert Nyssen, *Lecture d'Albert Cohen*, Avignon, Actes sud, 1981.

CLASSEMENTS

I. LES AUTEURS

*Les noms sont présentés par ordre alphabétique. Entre parenthèses et en gras figurent le ou les **numéros** de fiches correspondant aux œuvres. Sans indication de genre sont mentionnées éventuellement quelques autres œuvres romanesques de l'auteur, puis , s'il y a lieu, certaines de ses contributions aux autres genres.*

- **Alain-Fournier (34)**, pseudonyme d'Henri Alban Fournier, 1886-1914. Un seul roman.
- **Honoré de Balzac (20, 21)**, 1799-1850. Auteur de quatre-vingt-cinq romans dont *Les Chouans* (1829), *La Peau de Chagrin* (1831), *Eugénie Grandet* (1833), *Illusions perdues* (1837-1843).
- **Jacques-Henri Bernardin de Saint-Pierre (16)**, 1737-1814. Auteur de traités naturalistes.
- **Georges Bernanos (37)**, 1888-1948. Auteur d'essais polémiques. Entré tardivement en littérature : *La Joie* (1929), *Le Journal d'un curé de campagne* (1936). Essais : *La Grande Peur des bien-pensants* (1931), *Les Grands Cimetières sous la lune* (1938).
- **André Breton (38)**, 1896-1966. Chef de file du surréalisme. Essai : *Manifeste du surréalisme* (1924) ; poésie : *Clair de terre* (1923), *Signe ascendant* (1948).
- **Michel Butor (48)**, né en 1926, a abandonné le roman depuis une trentaine d'années. *Passage de Milan* (1954), *L'Emploi du temps* (1956), *Degrés* (1960).
- **Albert Camus (43, 44)**, 1913-1960. Également philosophe et journaliste. *La Chute* (1956) ; essai : *Le Mythe de Sisyphe* (1942) ; théâtre : *Caligula* (1944), *Les Justes* (1949).
- **Louis-Ferdinand Céline (40)**, de son vrai nom Destouches, 1894-1961. *Mort à crédit* (1936), *Guignol's band* (1945), essai : *D'un château l'autre* (1957).
- **François René de Chateaubriand (17)**, 1768-1848. Missions diplomatiques. *Atala* (1801), autobiographie : *Mémoires d'outre-tombe* (1848-1850).

- **Chrétien de Troyes (2)**, 1135-1183. Le fondateur du genre romanesque. *Le Chevalier au lion* (1177- ?), *Lancelot ou le Chevalier à la charrette* (1177- ?).
- **Albert Cohen (50)**, 1895-1981. Né à Corfou, de nationalité helvétique. *Solal* (1930), *Mangeclous* (1938) ; autobiographie : *Le Livre de ma mère* (1954), *Ô vous frères humains* (1973).
- **(Gabrielle Sidonie) Colette (35)**, 1873-1954. *Chéri* (1920), *Le Blé en herbe* (1923), *Sido* (1929), *La Chatte* (1933).
- **Benjamin Constant (18)**, 1767-1830, né à Lausanne ; carrière et ouvrages politiques.
- **Claude-Prosper Jolyot de Crébillon (11)**, 1707-1777. Fils d'un auteur de tragédies. Contes : *L'Écumoire* (1734), *Le Sopha* (1740) ; dialogue : *La Nuit et le Moment* (1755).
- **Denis Diderot (14)**, 1713-1784, « philosophe », directeur de *L'Encyclopédie*. *Le Neveu de Rameau* (1762-1777) ; essai : *Le Rêve de D'Alembert* (1769).
- **Marguerite Duras (45)**, 1914-1996. *Moderato cantabile* (1958), *Le Ravissement de Lol V. Stein* (1963), *L'Amant* (1984) ; théâtre : *Le Square* (1965), cinéma : *India song* (1975).
- **François de la Mothe-Fénelon (8)** 1651-1715. Archevêque de Cambrai, précepteur du dauphin.
- **Gustave Flaubert (25, 27)**, 1821-1880. *Salammbô* (1862), *Trois contes* (1877).
- **André Gide (36)**, 1869-1951. *L'Immoraliste* (1902), *La Porte étroite* (1909), *Les Caves du Vatican* (1914), *La Symphonie pastorale* (1919).
- **Jean Giono (47)**, 1895-1970. *Colline* (1929), *Regain* (1930) ; *Un Roi sans divertissement* (1947), *Le Moulin de Pologne* (1953).
- **Julien Gracq (46)**, pseudonyme de Louis Poirier, né en 1910. A abandonné le roman depuis une trentaine d'années. *Au château d'Argol* (1938), *Un Balcon en forêt* (1958).
- **Victor Hugo (26)**, 1802-1885. S'est illustré dans tous les

genres littéraires ainsi qu'en politique. *Notre-Dame de Paris* (1831), *Quatre-Vingt-Treize* (1874); théâtre : *Hernani* (1830), *Ruy Blas* (1838); poésie : *Les Orientales* (1829), *Les Châtiments* (1853), *Les Contemplations* (1856).

- **Joris-Karl Huysmans** (**31**), 1845-1907, *Les Sœurs Vatard* (1879), *En Ménage* (1881), *Là-bas* (1891), *La Cathédrale* (1898).
- **Pierre Choderlos de Laclos** (**15**), 1741-1803. Carrière militaire. Pas d'autre roman.
- **Madame de La Fayette** (**7**), 1634-1693. *La Princesse de Montpensier* (1660), *Zayde* (1670).
- **François Mauriac** (**39**), 1885-1970. Activité de journaliste. *Genitrix* (1923), *Thérèse Desqueyroux* (1927), *Le Sagouin* (1951).
- **André Malraux** (**41**), 1901-1976. Responsabilités politiques, critique d'art. *Les Conquérants* (1928), *La Voie royale* (1930), *La Condition humaine* (1933).
- **Guy de Maupassant** (**30**), 1850-1893. Nouvelliste. *Bel-ami* (1885), *Pierre et Jean* (1888), Nouvelles : *Boule-de-Suif* (1880), *La Maison Tellier* (1881), *Toine* (1886).
- **Alfred de Musset** (**22**), 1810-1857. Poésie : *Les Nuits* (1835-1837); théâtre : *Les Caprices de Marianne* (1833), *On ne badine pas avec l'amour* (1834), *Lorenzaccio* (1834).
- **(Antoine François) abbé Prévost** (**10**), 1697-1763. Compilateur, traducteur, journaliste. *Mémoires d'un homme de qualité* (commencé en 1728).
- **Marcel Proust** (**33**), 1871-1922. *À la Recherche du temps perdu* (1913-1927) en sept volumes, dont *A l'ombre des jeunes filles en fleurs, Le Côté de Guermantes, Le Temps retrouvé,* etc.
- **François Rabelais** (**4**), 1494-1553. Érudit, moine et médecin. *Pantagruel* (1532), *Le Tiers Livre* (1546), *Le Quart Livre* (1552).
- **Jean-Jacques Rousseau** (**12**), 1712-1778, « philosophe » des Lumières. Essais : *Discours sur l'origine de l'inégalité* (1755), *Du contrat social* (1762), *Émile*

(1762); autobiographie : *Les Confessions* (1782-1789), *Les Rêveries du promeneur solitaire* (1782).

- **George Sand** (**24**), de son vrai nom Aurore Dupin, 1804-1876. *Indiana* (1832), *Mauprat* (1837), *Consuelo* (1842), *Le Meunier d'Angibault* (1845).

- **Jean-Paul Sartre** (**42**), 1905-1980. Philosophe existentialiste. *Les Chemins de la liberté* (trilogie, 1945-1949), autobiographie : *Les Mots* (1964); théâtre : *Les Mouches* (1943), *Huis clos* (1944); essai : *L'Être et le Néant* (1943).

- **Paul Scarron** (**6**), 1610-1660. Poésie burlesque : *Virgile travesti* (1648-1652).

- **Stendhal** (**19, 23**), de son vrai nom Henri Beyle, 1783-1842. Consul en Italie. *Armance* (1827), *Lucien Leuwen* (commencé en 1834); essai : *De l'amour* (1822).

- **Michel Tournier** (**49**), né en 1924. *Le Roi des Aulnes* (1970), *Les Météores* (1975), *La Goutte-d'or* (1985).

- **Honoré d'Urfé** (**5**), 1567-1625. Gentilhomme du roi.

- **Voltaire** (**13**), François Marie Arouet, 1694-1778. S'est illustré dans tous les genres. Essais : *Lettres philosophiques* (1734), *Le Siècle de Louis XIV* (1751), *Le Dictionnaire philosophique* (1764); contes : *Zadig* (1747), *Micromégas* (1752), *Candide* (1759).

- **Émile Zola** (**28, 32**), 1840-1902. Cycle des « Rougon-Macquart », vingt romans dont *La Curée* (1872), *Au bonheur des dames* (1883), *La Bête humaine* (1890).

II. COURANTS ET MOUVEMENTS

Cette présentation sommaire respecte l'ordre chronologique. Les chiffres entre parenthèses et en gras renvoient aux fiches d'œuvre. Certains titres peuvent se rattacher à plusieurs courants ; d'autres sont indépendants de toute école.

- **La littérature courtoise** : à partir du milieu du XIIe siècle, le lyrisme courtois (de cour) se développe grâce aux trouvères et aux troubadours. La littérature narrative reprend cette tendance, racontant des aventures prestigieuses de chevaliers cherchant à plaire à leurs Dames et partagés entre gloire et amour (**1, 2**).
- **L'humanisme** : mouvement du XVIe siècle qui souhaite élargir le champ du savoir (notamment par l'étude de l'Antiquité), qui célèbre la grandeur de l'homme et de ses productions, qui favorise la création artistique sous toutes ses formes (**4**).
- **La préciosité** : dans la première moitié du XVIIe siècle, les « précieux » se réunissent dans les salons, tels ceux de Madame de Rambouillet ou de Mademoiselle de Scudéry ; ils se consacrent au culte de l'amour et recommandent un grand raffinement et une grande recherche dans les mœurs, dans les sentiments, dans le langage et dans la littérature (**5, 7**).
- **Le classicisme** : idéal de perfection et d'équilibre qui s'impose, sous le règne de Louis XIV, dans diverses productions artistiques ; l'œuvre littéraire doit rechercher la sobriété, l'harmonie, la rigueur, dans le respect de la morale (**7, 8**).
- **Le siècle des Lumières** : c'est le nom que l'on donne au XVIIIe siècle. Les écrivains – confondus souvent avec les « philosophes » –, se fondant sur la raison et l'expérience, refusent les préjugés de la tradition, prônent la tolérance et développent l'esprit critique (**9, 13, 14**).
- **Le romantisme** : mouvement qui s'exprime en France dans la première moitié du XIXe siècle et qui, en littérature, se manifeste par un penchant pour la mélancolie et

la révolte, la promotion du « moi », le goût de la nature, la quête de l'amour, une plus grande liberté de la forme (**17, 18, 19, 20, 21, 22, 23, 24, 25, 26**).

- **Le Réalisme** : école littéraire de la deuxième moitié du XIXe siècle qui souhaite observer la réalité avec une objectivité méthodique et exploiter des sujets et des personnages ordinaires (**25, 27, 29**).

- **Le Naturalisme** : prolongement du courant précédent (fin XIXe siècle), qui fonde son respect de la réalité et de la vérité sur les outils de la science (**28, 29, 30, 32**).

- **Le Décadentisme** : courant artistique des années 1880 1900 qui, en conformité avec l'esprit « fin de siècle », exploite le sentiment d'apocalypse et de « déliquescence » (**31**).

- **Le Surréalisme** : mouvement littéraire et artistique né aux lendemains de la Première Guerre mondiale qui aspire à exprimer les données de l'inconscient et de l'imagination, en l'absence de tout contrôle esthétique et moral (**38**).

- **L'Existentialisme** : pensée philosophique héritée du XIXe siècle et qui, à partir des années 1940, influence la littérature. L'homme se définit par les actes qu'il accomplit dans son existence ; il est libre et responsable dans un monde absurde (**42, 43, 44**).

- **Le Nouveau roman** : modèle narratif né vers la fin des années 50 qui, en rupture avec le réalisme et l'humanisme, s'attache prioritairement aux objets, refuse le support psychologique, fait du récit une recherche d'écriture (**45, 48**).

III. CATÉGORIES ET « SOUS-GENRES »

*« Il y a autant de sous-classes romanesques que de milieux, de techniques et de situations humaines concevables », écrit Marthe Robert (*Roman des origines et origines du roman, Grasset, 1972, p. 22). On peut pourtant tenter d'énumérer quelques-uns de ces principaux « sous-genres » romanesques. Là encore, un même titre peut appartenir à plusieurs catégories, d'autres résister à toute classification, d'autres se rattacher à telle ou telle famille de façon ténue ou tangentielle. Nous nous limitons aux « genres » représentés dans le manuel (en ne mentionnant pas, par exemple, le roman historique ou le roman policier). Ils sont proposés par ordre alphabétique, les chiffres entre parenthèses renvoyant aux numéros de fiches.*

- **Le roman d'analyse** : il est centré sur un caractère qu'il soumet à l'introspection et à l'étude psychologique (**7, 10, 18, 39, 50**).
- **Le roman autobiographique** : l'auteur puise dans sa propre vie des éléments lui permettant de nourrir son récit et de cerner sa personnalité. (A ne pas confondre avec l'autobiographie) (**17, 18, 22, 27, 29, 33, 34, 35, 40**).
- **Le roman champêtre** : dans un milieu rural, il raconte les histoire simples de personnages frustes mais attachants (**24**).
- **Le roman comique** : récit divertissant fondé sur un mélange de réalisme et de burlesque, de romanesque et de parodie (**6**).
- **Le roman épistolaire** : l'échange de lettres sert de support narratif et, en multipliant les rédacteurs, permet la polyphonie romanesque. Entre la fin du XVIIᵉ siècle et le romantisme, ce genre connaîtra un grand succès (**11, 12, 15**).
- **Le roman exotique** : il situe l'action dans un décor naturel, pittoresque et souvent tropical (**9, 16, 49**).
- **Le roman de formation** (ou d'éducation, ou d'apprentissage) : hérité du « Bildungs roman » allemand (*Wilhelm

Meister de Goethe), ce type de roman (avec quelques nuances suivant son appellation) fait le récit de l'apprentissage et de la transformation d'un jeune homme. Cette forme féconde fut très utilisée au XIXe siècle (**11, 12, 14, 18, 20, 21, 22, 23, 27, 33, 34, 36, 37**). Le roman d'initiation en est une variante (**2**).

- **Le roman libertin** : récit fondé sur des personnages, des pensées et des comportements affranchis des règles morales établies ; le XVIIIe siècle s'en est fait une spécialité (**9, 11, 16**).
- **Le roman de mœurs** : il souhaite observer les comportements sociaux, le rapport à l'argent, les mécanismes d'une société (**10, 20, 25, 26, 28, 30, 32, 39, 50**).
- **Le roman pastoral** : il raconte des histoires de bergers et de bergères dans un monde utopique (**5**).
- **Le roman picaresque** : ce modèle, venu d'Espagne, met en scène un jeune homme pauvre et rusé (le « picaro ») lancé dans des aventures multiples. *Gil Blas de Santillane* de Lesage (1724–1735) en est le meilleur exemple français (**13, 32, 40, 47**).
- **Le roman philosophique** : il se fixe pour but de défendre ou d'illustrer une idée philosophique (**9, 13, 14, 42, 43**).
- **Le roman à la première personne** : forme narrative fondée sur un mode énonciatif particulier qui brouille l'identité du narrateur et offre une vision du monde limitée à un « je » (**11, 18, 42, 44**).
- **Le roman sentimental** : il se propose de brosser une peinture de l'amour et de ses conséquences (**7, 10, 12, 15, 18, 21, 22, 33, 50**).
- **Le roman utopique** : narration qui s'ordonne, partiellement ou totalement, autour d'un modèle imaginaire tenu pour un idéal devant assurer le bonheur (**4, 5, 8, 9, 12, 13, 16, 24, 35, 49**).

IV. THÈMES PRINCIPAUX

Les chiffres renvoient aux numéros de fiches d'œuvre.

RÉALISATION : ALPHA PRESSE À PARIS
IMPRESSION : AUBIN IMPRIMEUR À POITIERS
DÉPÔT LÉGAL : AVRIL 1998. N° 30828 (L55773)